내 안에 간직해온
세상 가장 따뜻한 삶의 의미

어머니의
눈사람

박동규 지음

RHK
알에이치코리아

유성을 보면서 소원을 빌면 이루어진다고 한다. 어린 날 소원을 종이에 적어 손에 들고 동네 야산에 올라가 밤하늘을 쳐다보며 하늘을 가르는 유성을 한없이 기다리고는 했다. 그러던 어느 날 밤 저편 하늘별 하나가 사선으로 내려꽂히는 것을 보았다. 주머니에 넣어두었던 종이를 꺼내 펼쳤지만 첫줄도 못 읽어 유성은 흔적도 없었다. 사는 것도 하늘을 흐르는 유성을 보며 소원을 비는 것이 아닌가 한다. 함께 자란 형제도 어느새 다 커서 다른 사람이 되어 있고 부모님도 내가 무엇을 조금 도와줄 수 있게 되었을 때는 내 곁에 계시지 않는다. 나 혼자라는 비누거품 방울 안에 갇혀진 삶이 아니라 서로 의지하고 사는 기쁨 그리고 영원한 소원이 항상 이마에 머물러 유성이 지나가도 지워지지 않는 뜨거운 눈물과 기쁨이 살아있는 삶을 안고 지내는 길에 도움을 주고 싶어 시를 기대서 나의 진실한 고백을 드러내 보인다. 순한 글임을 밝힌다.

이 책이 나올 수 있게 해주신 알에이치코리아 편집부의 담당 에디터 백지영, 작업에 도움을 주신 SERI CEO 강선민 PD, 그림을 그려주신 최다랑 님께 감사의 인사를 전한다.

차
례
✻

1장

가족
그 애틋하고 따뜻한

아버지가 주신 선물

인생은 물질만 모으는 것이 다가 아니다. 그것을 지배하면서 내가 무엇인가 좋은 삶을 만들어 내고 싶다는 욕망을 가지고 성취하는 것이 중요하다.

나는 결혼하고 나서 마장동의 어느 집 문간방에 세 들어 살았다. 뭐 모아놓은 돈도 없고 그랬다. 세놓을 목적으로 만든 집이라 벽을 허물고 길가 쪽으로 공간을 더 넓혀 놓았기 때문에 겨울철이 되어 방 안에 습기가 차면 벽지가 떨어져서 시멘트 블록이 드러나 보였다. 그 깨진 시멘트 블록 사이로 길거리에 다니는 사람들의 모습이 보일 정도였다. 그럴 때마다 벽지를 다시 발랐지만 오래가지 못했다.

　이런 상황 속에서 첫 아이를 낳았다. 병원에서 집에 돌아와 방 안에 아이를 눕혀놓고 보니 바깥 온도가 영하 12도였고 방 안 온도는 8도에 가까웠다. 겨울나는 석유난로를 월부로 사서 방 안에 틀어 놨다. 행여나 아이에게 석유 냄새가 날까봐 마분지로 연통을 만들어 창밖으로 공기를 뽑아내며 지내야 했다. 이 고통스러운 기간을 보내고 3년이 지나 또 다른 셋방으로 이사를 하게 되었다. 그리고 아버지는 이 7년이라는 시간 동안 한 번도 방 안에 들어오신 적이 없다. 항상 동네 다방에서 손자와 우리 가족을 만났다.

　그러던 어느 비 오는 날이었다. 그날도 아버지는 손자가 보고 싶다며 다방에 와서 전화를 했다. 나와 아내는 아이를 안고 다방으로 갔다. 함께 앉아 한참 얘기를 나누다가 아버지가 자리에서 일어났다. 나는 얼른 "오늘 비가 오니까 택시를 타고 집으로 가십시오" 하고 택시비를 내밀었다. 아버지는 받지 않으시고 "야, 이 버스 정류장 한두 정거장 가면 그 근처에서 친구들과 만나서 이야기하기로 했다" 하면서 비가 철철 내리는 길을 걷기 시작했다. 비닐우산을 쓰고 바짓가랑이가 젖어가면서 걸어가는 아버지 뒤를 보며 나는 가슴이 무너지는 것 같은 고통을 느꼈다. 나는

삶은
용기를 바탕으로
성장하는 것

아버지 뒷모습 따라 괜히 눈물이 쏟아졌다. 차비를 왜 안 받으시는지 속상했다. 아내보고 집에 들어가라고 하고서는 몰래 아버지 뒤를 졸졸 따라갔다. 아버지는 버스 정거장 두 개를 걸어가시더니 바로 우리 집으로 가는 원효로행 버스를 타는 것이었다. 아버지가 나를 불쌍하게 보시고 차비를 받지 않은 것이라 생각이 들어서 더 서러웠다.

다음 주말, 어머니 집에 갔을 때 어머니에게 이 이야기를 했다. 어머니는 내 손을 잡으며 말했다. "이놈아, 아버지가 방에 안 들어가는 것은 네가 사는 꼴을 보면 속상하고 답답해서 그러시기도 하겠지만, 네가 용기를 내서 그 자리에서 빨리 벗어나기를 기다리기 때문이야"

나는 나에게 무언의 용기를 주시는 아버지를 지금도 기억한다. 삶은 용기를 바탕으로 성장하는 것이라는 것을 아버지는 알고 계셨다.

국민학교를 나온 형이

화월(花月)여관 심부름꾼으로 있을 때

그 층층계 밑에

옹송그리고 얼마를 떨고 있으면.

손님들이 먹다가 남은 음식을 싸서

나를 향해 남몰래 던져주었다.

집에 가면 엄마와 아빠

그리고 두 누이동생이

부황에 떠서 그래도 웃으면서

반가이 맞이했다.

나는 맛있는 것을

많이많이 먹었다며

빤한 거짓말을 꾸미고

문득 뒷간에라도 가는 척

뜰에 나서면

바다 위에는 달이 떴는데.

내 눈물과 함께

안개가 어려 있었다.

박재삼, 〈추억에서 · 30〉

박재삼 시인이 초등학교를 나와 그 학교의 선생님들이 마련해준 장학금으로 중학교에 다니고 있을 때였는데 형은 초등학교를 나온 후 여관에서 심부름하며 밥상을 날랐던 것이다. 형이 손님이 먹다 남긴 밥을 주먹으로 꽁꽁 뭉쳐가지고 2층에서 던져주면 그것을 가지고 집에 돌아가 가족과 함께 먹었다는 이야기가 깔려있다.

　　'눈물과 함께 안개가 어려있었다' 이 부분의 표현을 주목해보자. 이는 그냥 밥을 먹은 척하고 배부른 체하며 밖에 나왔을 때 맞이한 서러움이다. 그렇지만 시인은 슬픔을 미래의 희망으로 바꾸어 내는 변화를 안개라는 형식으로 만들어 내고 있다. 아무리 어려워도 일어서고 또 일어서는 힘이다. 미래라는 것은 안개처럼 불확실하지만 그럼에도 눈물을 뛰어넘는 세계를 꿈꾸는 것이야말로 세상을 살아가는 힘이다. 삶은 그 자리에서 머무는 것이 아니라 자꾸자꾸 성장의 역사를 밟아가게 되어 있다. 그래서 그 행로를 어떻게 짜 가지고 갈 것이냐 하는 것이 인생관의 핵심이 되는 것이다.

그날 밤의 하얀 눈사람

내가 여섯 살 때였다. 눈이 펑펑 쏟아지는 밤이었는데, 아버지는 글을 쓰고 싶어 했다. 저녁을 먹고 나서 얼마 지나지 않아 아버지가 방으로 상을 가져오라고 했다. 책상이 없었던 아버지는 밥상을 책상으로 쓰고 있었다. 어머니는 행주로 밥상을 잘 닦아 갖다 놓았다. 아버지가 책상에 원고지를 올려놓고 연필을 깎기 시작하자 어머니는 나에게 세 달된 여동생을 등에 업히라고 했다. 그리고 큰 이불 같은 포대기를 덮고서는 "옆집에 가서 놀다 올게" 하고 나갔다.

나는 글 쓰는 아버지의 등 뒤에 붙어 있다가 잠이 들었다. 얼마를 잤는지 알 수 없었다. 누가 나를 깨워서 눈을 떠보니 아버지였다.

"통행금지 시간이 다 되어 가는데 네 어머니가 아직 돌아오지 않았어. 나가서 어머니를 좀 찾아오너라."

나는 자던 눈을 손으로 비비며 털모자를 쓰고 옷을 입고 밖으로 나갔다. 나가보니 무릎까지 눈이 쌓여있었고 하늘에서는 눈이 계속 펑펑 내리고 있었다. 이 집 저 집 어머니를 찾아다녔지만 찾지 못했다. 어떻게 할까 생각하다 지치기도 하고 귀찮기도 해서 집으로 돌아오려는데 갑자기 생각이 났다. 동네에서 어머니와 제일 친한 아주머니가 아랫동네에 살고 있었다. 그 집에 한 번만 더 다녀오기로 했다. 그래서 골목길로 들어서는데 전봇대가 있고 그 전봇대 옆에 나보다 더 큰 눈사람이 있었다.

아무 생각 없이 눈사람 곁을 스쳐 지나가는데 뒤에서 누가 동규야 하고 불렀다. 보니까 어머니였다. 어머니는 눈을 철철 맞으며 머리에는 보자기를 쓰고 있었다. 보자기를 들추고 내게 오며 "너 어디 가니" 하고 물었다. 나는 볼멘소리로 어머니를 찾아오라고 해서 아랫동네 아줌마 집에 가는 길이라고 말했다. 그러자 갑자기 어머니가 내 귀 가까이 입을 대며 "아버지 글 다 썼니?" 하고 묻는 것이었다. 나는 고개만 까딱거렸다. 어머니는 내 등을 밀어 집으로 돌아왔다.

　나는 이 사건, 아니 이 일을 평생 잊지 못하고 산다. 세월이 갈수록 머릿속에 자주 떠오른다. 눈구덩이에 서서 몇 시간이나 눈을 맞으며 우리 세 달된 딸을 업고 있던 어머니를 생각한다. 세 달 된 내 여동생이 아버지가 시를 쓸 때 울어서 방해될까봐 어머니는 그렇게 나와서 눈을 맞고 서 있었던 것이다.

　나는 대학을 졸업하고서 처음 직장에 다닐 때 즈음, 그제야 조금 철이 들어서 고생하는 어머니에게 한 번 물었다. "엄마, 그때 얼마나 힘들었어. 돈도 많이 벌어오지도 못하고 그런데 어머니가 뭐가 좋아서 밖에 나가서 일도 하고 힘들게 고생하면서 애를 업고 있었어" 나는 어머니가 우리 집 생활을 끌고 가는 것이 안타까운 마음에서 물어본 것이다. 그런데 어머니는 웃으면서 말했다. "그래도 니 아버지는 밤에 그렇게 시를 다 쓰고 나면 발표하기 전에 제일 처음 나보고 읽어보라고 해"

　어머니가 아버지와 함께 살아가며 힘든 일을 겪으면서도 시인으로 살아가는 아버지를 이해하는 것은 바로 시 한 편을 읽어보라고 하는 배려의 힘 덕분이었다고 지금도 나는 생각한다.

　남편과 아내가 서로를 이해하고 사랑하고 살려면 이런 배려를 통해서 사랑을 알아야 한다.

"아버지 글 다 썼니?"
나는 고개만 까딱거렸다
어머니는 내 등을 밀어
집으로 돌아왔다

한 가장이 실직한 이야기를 담은 시 한 편을 소개하고자
한다.

남편의 실직으로 고개 숙인 그녀에게
다섯 살짜리 딸아이가 묻는다.

엄마 고뇌하는 거야?

그 말에 놀란 그녀가 고뇌가 뭔데 되묻자
마음이 깨어지는 거야 하더란다.

다섯 살짜리 아이의 말이라고는 도무지
믿기지 않는 기막힌 말에
그 기막힌 그녀의 마음이 와장창 깨어졌다.

그 말 듣는 내 마음도 따라 깨어졌다.

세상이 들려 어느 집을 사정없이 때려눕힌 것이다.

다섯 살짜리 아이의 마음을 깨어지게 하는
세상을 그녀는 믿을 수 없다.

잠시 머물다 가는 가리라도 그렇지

세상이여 세상이여
거꾸로 도는 바퀴여

굴러가고 싶은 그녀의 마음이
시름을 삼켰다.

어딜가나 바람소리가 들렸다.
어디서나 바람이 불었기 때문이다.

천양희, 〈실직〉

　　좋은 가정을 가진 사람들의 행복한 시도 얼마든지 많다. 그렇
지만 가족이 서로 어떻게 고통을 나누고 살아가는가 하는 것을
알게 하는 시가 바로 이 시다. 이 시는 다섯 살짜리 딸아이의 마

음이 깨어지는 것이 이야기의 주 이미지지만, 이것을 이해하고 서로를 다독거리는 힘이 있어야 이 깨어진 마음을 가지고 서로 의지하고 살 수 있다는 것이 핵심이다.

　가족이라는 것은 모든 삶의 중심에 놓인 내 생명의 모든 가치와 생명의 이상과 생명의 실현의 목표가 되는 것이라고 생각한다. 가족이 가지고 있는 생각의 공통성, 그 다음에 가족 간 마음의 소통, 그리고 가족끼리 어떤 것을 즐기고 살아가고 어떤 것을 목표로 하는 가에 대한 서로의 합의. 이렇게 서로 정서적으로나 인성적으로 함께하는 것들을 해야 비로소 살아가고 있는 삶이 올바른 모양으로 만들어진다.

가족이라는 이름

결혼해서 한 가정을 이룬다는 것은 나를 둘러싼 또 다른 내 생명의 분신과 살아간다는 뜻일 수 있다. 이 가족이라는 단순한 고리는 생명에게 인간의 지고한 삶의 이상을 지니게 한다. 혈연이나 윤리나 도덕의 시각에만 국한된 것이 아니라 인간의 본질과 상관된 인간 속성의 높은 형상이라 할 수 있다. 그렇기에 가정이라는 울타리는 살아있어야 하는 이유로 존재하는 것이다. 그러나이 울타리 안에서의 삶은 가족이 산다는 지극히 인간적인 행위로해서 행복과 불행이 교차하고 기쁨과 갈등이 일어난다.

나의 경우도 마찬가지다. 이쯤에서 돌아보니 아득하다. 어린 날이 엊그제 같은데 부모님은 모두 저 세상으로 떠나고 형제들도 뿔뿔이 흩어져 살아가고 있다. 어느 날 저녁 집에 돌아와 식탁에 혼자 댕그라니 앉아 있을 때였다. 갑자기 눈앞이 뽀얗게 되고 눈물방울이 식탁에 얼룩을 만들었다. 마치 사춘기 소녀처럼 엄마가 보고 싶어 처량한 눈물을 떨구고 있었다. 어디서부터 솟아났는지 알 수 없는 눈물과 식탁에 던져진 얼룩. 내가 왜 있지도 않은 엄마를 향해 눈물이 솟아나는지를 한참 생각했다. 그리고 곧 온 가족이 함께 살았던 시절의 그리움이 눈물의 원천임을 느꼈다. 이는 나를 둘러싸고 있는 나의 가족들을 떠올려 보게 했다. 내가 지금까지 누구에게도 말하지 않았지만 십 년 넘게 얼굴도 못보고 사는 형제도 있다. 아들과도 역시 십 년이 넘도록 떨어져 살고 있다. 이 뼈아픈 외로움은 가끔 나를 가족으로 산다는 것이 어떤 것인가 하는 자조 섞인 푸념을 하게 만들곤 한다.

내가 중학교에 다닐 적에 셋째 남동생이 초등학교에 갓 입학했던 어느 날이었다. 학교에서 돌아오는 길에 동네 큰길가에 사람들이 둘러서 있었다. 사람들 틈을 비집고 보니 셋째가 울면서 서 있고 같은 또래처럼 얼굴이 비슷한 큰 아이가 셋째의 팔목을 비틀고 있었다. 나는 뛰어나가 큰 아이를 잡아 제치고 발로 걷어 찼다. 큰 아이는 땅에 굴렀다. 나는 셋째의 등을 밀어 내 뒤에 세

우고 이들 형제에게 "한 번만 더 내 동생을 건드리면 혼날 줄 알
아라" 하고 소리를 질렀다. 그리고 집으로 돌아왔다. 셋째는 개선
장군이라도 된 듯이 나를 보며 빙긋 웃었다. 그날 밤이었다. 누군
가 대문을 두드렸다. 어머니가 나갔다. 그런데 대문에서 무슨 소
리가 들리고 한참이 지나도 들어오지 않았다. 한참 만에 어머니
가 대문을 닫고 들어왔다. 나를 보며 낮에 길에서 큰 아이를 때
렸느냐고 물었다. 나는 큰 아이가 셋째를 때려서 내가 때려주려
했다고 말했다. 어머니는 아무 말도 하지 않았다. 그날 밤 저녁을
먹고 내 방에 있는데 어머니가 나를 불렀다. 안방에 들어서자 아
버지와 어머니가 함께 앉아있었다. 아버지는 "큰놈이 어린 것을
두드려 패면 되겠느냐"고 하면서 "아무리 어린 동생이 큰 아이한
테 맞고 있어도 말려서 데리고 올 것이지 네가 더 크다고 어린
것을 때려서는 옳지 않은 짓이다"라고 했다. 나는 고개를 숙이고
내 방으로 왔지만 눈꼽만큼도 잘못한 것 같지 않았다. 지금 생각
해보면 엄청 잘못한 것이지만 그때는 그랬다. 새삼 이 일이 떠오
르는 것은 가족이라는 혈연적 유대라는 것 하나로 선과 악이라
는 잣대를 잊고 사리를 분별하지 못하게 되어버리는 것임을 알
수 있는 일이기 때문이다.

그뿐만 아니다. 나는 지금도 가슴에 돌보다 단단한 후회의 응

나는 눈꼽만큼도
잘못한 것 같지 않았다
그때는 그랬다

어리가 남아 있다. 열두 살 때였다. 서울이 인민군 치하에 들어가고 한 달이 지난 어느 새벽 어머니와 함께 피난길에 올랐다. 아는 이도 아무도 없고 찾아갈 곳도 없이 리어카를 빌려 가재도구를 싣고 무작정 남쪽을 향해 떠났다. 어머니는 젖먹이 남동생을 업고 나는 리어카에 다섯 살 된 여동생을 실었다. 내가 앞에서 끌고 어머니는 뒤에서 밀며 집을 떠나 한강을 건너 영등포 근처 길가에서 하룻밤을 보냈다. 그리고 다음날 안양역 근처를 지날 때였다. 미군 전투기가 날아와 역에 서 있던 화물열차에 폭격을 하기 시작했다. 어머니는 길가 우동집으로 뛰어 들어가며 빨리 오라고 소리쳤다. 나는 얼른 리어카를 놓고 우동집으로 들어가 탁자 밑에 숨었다. 기관포 소리가 귀를 찢듯이 들렸다. 그때였다. 어린애 울음소리가 폭탄 터지는 소리 사이로 들렸다. 고개를 내밀어 창밖을 보니 어린 여동생이 리어카 짐 위에 혼자 앉아 있었다. 나는 얼른 뛰어나가 어린 여동생을 안고 들어왔다. 일분쯤 지났을까, 꽝하고 소리가 났다. 전봇대에 폭탄이 터져 리어카가 폭풍에 날아가 길가에 엎어져 버렸다. 나는 여동생의 얼굴을 껴안고 한없이 울었다. 어머니가 등을 쓰다듬으며 달랬지만 그때의 울음소리를 지금도 기억하고 있다.

이런 시가 있다.

사춘기 소녀는
말끝마다 가시를 세웠다
그저 말없이 무던히 다 받아주던 엄마

사춘기 아들에게
그때의 가시가 그대로 돋아났다
엄마 같은 엄마가 될 수 없는 나는
가끔 가시를 피해서 간다

부모는 가시를 안으로 세우고
자식은 가시를 밖으로 세운다

제 살이 찢기면서도 미소짓는 부모는
가시돋힌 자식을 온몸으로 품고도
신음하지 않는다
다만 속으로 숨 가쁘고 힘겨울 뿐이다

김인숙, 〈가시연꽃으로 피는 사춘기〉

사춘기의 자식과 부모 사이를 보여주는 시다. 이 시처럼 가시를 세우고 있어도 서로를 받아주는 용서와 포용뿐 아니라 희생과 보람과 같은 삶의 꽃으로 피어야 하는 행복의 모든 요소들이 가정 안에서 자라고 있는 것이 진정한 가정의 본질이다. 누구나 힘겹게 일하는 이유가 가족을 위한 것이고 이 가족의 삶이 가정임을 서로 알아주는 일이 인간다움이다. 부모는 용서밖에 할 수 없고 자식은 후회밖에 할 것이 없는 모순도 가정 안의 사랑이라는 용광로처럼 모든 것을 더 나은 것으로 바꾸어가려는 인간다움의 아름다운 관계가 아니겠는가.

감자조림 도시락

    나에게는 쓰라린 기억이 있다. 고등학교 시절, 어느 점심시간이었다. 도시락을 펴고 내 옆자리 친구와 점심을 먹고 있었다. 그런데 갑자기 친구가 "야, 너는 감자조림을 15일간 똑같이 가지고 오냐?" 하고 물었다. 나는 갑자기 정신이 멍해졌다. 부끄러움이 온 얼굴에 솟아올랐다. 나는 어머니가 무슨 반찬을 도시락에 넣는지 생각해본 적도 없었다. 그런데 친구가 감자조림 얘기를 하자 갑자기 우리 집 형편이 생각이 났다. 그러자 분노에 가까운 부끄러움이 마음속에 생기는 것이었다.

    친구에게 "너는 옆자리 친구의 도시락 반찬을 15일간이나 세고 앉았냐" 하며 부끄러움을 감췄지만 가슴 속에 박힌 모멸감과 부끄러움은 사라지지 않았다. 나는 그날 집에 가서 도시락을 내놓으며 슬며시 "엄마, 다른 반찬도 좀 해줘" 하고 얘기했다.

다음날 아침이었다. 학교에 가기 위해 부엌에 가서 도시락을 보았다. 살짝 열어보니 반찬이 또 감자조림이었다. 나는 아무 말도 하지 않고 도시락을 잊은 척 놓고 학교로 갔다. 점심시간이되자 나는 배고픔을 참고 운동장에서 친구들과 공차고 놀았다. 그런데 수위실에서 찾는다는 연락이 왔다. 가보니 수위실 탁자위에 내 도시락이 있었다. 아저씨가 "이놈아, 엄마 고생시키지 마라" 하고 야단쳤다. 도시락을 집어 드는데 무언가 내 머리끝을 잡아당기는 듯이 느껴져서 교문 쪽을 돌아보았다. 사차선 저 건너편 길 가로수 옆에 어머니의 치맛자락이 조금 보였다. 어머니는 거기 숨어 목을 내고 나를 지켜보고 있었다. 나는 운동장 뒷산에 올라가 혼자 도시락을 먹었다.

그리고 그날 밤 열두 시가 넘은 시각, 캄캄한 부엌에 가서 불을 켜고 부엌 안을 다 뒤져보았다. 찬장에 아무것도 없었다. 구석에 놓인 감자 포대

안에 감자 몇 알만 있었다. 엄마는 정말 아무것도 없어서 감자만 주었던 것이다.

이 사건은 나와 다른 사람 사이에 삶의 차이가 있다는 것을 알게 된 계기가 되었다. 세상에는 나와 다른 사람이 많이 살고 있다. 한 끼의 밥을 마련하지 못해 고생하는 사람, 또 너무 많은 것을 가져서 쓸데없는 곳에 돈을 쓰고 다니는 사람, 다양한 상황의 사람들이 우리 주변에 있다.

서로 다른 삶을 가지고 살아가고 있다는 것, 이를 보고 우리는 삶의 모양이 다르다는 말로 표현한다. 그러나 사람에게 있어서 중요한 것은 삶을 비교하며 살아가는 것이 아니다. 자기 욕망의 세계를 어떻게 만들어 가느냐 하는 것이 가장 중요한 것이다.

세상 허물 다 덮을 듯 눈은 내려 쌓이지만
언젠가 그칠 것이고
녹아 흐를 것이고
볕 들면 순백의 결속 무너지고 말 터인데

너랑 나 붙안으면 서로에게 스며들어

어머니의 눈사람   30

나는 그날 집에 가서
도시락을 내놓으며 슬며시
"엄마, 다른 반찬도 좀 해줘" 하고 얘기했다

모나고 패인 곳들 궁글려야 하는데
겨워도 그럴 수 있겠니
손 놓지 않을 수 있겠니

김영주, 〈가난한 사랑에게〉

눈이 오는 날, 온 눈이 세상을 지배하게 되고 하얀 눈 속에 우리가 사는 것 같은 평등감을 느끼게 된다. 그러나 이것이 살아감의 전부는 아니다. 김영주 시인이 말하듯이 눈이 녹을 때면 속에 들어있는 땅도 보이고, 물건도 보이고 검은 자리도 생겨난다. 그리고 이 눈으로 덮여있다 녹아버린 자리에 생기는 자국은 그 속에 무엇이 담겨 있었는지를 보여준다.

눈이 모든 것을 덮어버리면 누구든지 이렇게 사는구나 하지만, 눈이 녹을 때가 되면 그 속에 들어있는 것이 드러나듯이 삶의 형편이 다름을 알 수 있다. 그렇기에 높은 곳에서 낮은 곳으로 흐르는 물처럼 내가 남에게 베푸는 자리에 서고, 자기 자신에게 주어진 삶에 만족하는 마음을 지니는 것이 중요한 삶의 지혜라고 할 수 있다.

우리가 사회 안에서 산다는 것은 나만이 혼자 사는 것이 아니라 함께 살아가는 것이기에 내 주변을 살펴보고 그들과 어떻게 어울려 살아갈 수 있을지 그 방법을 생각해봐야 할 것이다. 어울려 살아간다는 것은 서로 배려하고 나눔의 지혜를 갖는 것이며, 많이 이들이 그렇게 되어야 새 사회관이 만들어진다.

어머니의 손

　가족이라는 것은 세수해도 지워지지 않는 얼굴처럼 영원한, 우리들이 살면서 손잡고 살아가야 할 동반자이다. 우리가 살아가는 힘이다. 살아가고자 하는 욕망을 만들어 내는 것은 바로 나와 내 가족이라는 것이 있어서 가능한 것이고 그래서 더 나은 곳으로 향하고자는 욕망의 샘이 되는 것이라고 생각한다.

　내가 50대 초반이었을 적이다. 남해안 바닷가 근처에 조그마한 농촌에서 자란 한 제자가 우리 박사 학위를 받게 되었다. 그는 학위 수여식이라고 해서 고향에서 어머니를 모셔와 전날에 대학 근처 여관에서 주무시게 하고 다음날 학위 수여식에 함께 왔다.

나는 학위 수여식에 참가했다가 끝난 후 연구실에 돌아와서 앉아있는데 그 제자가 찾아왔다. 같이 기념사진을 찍고 싶다고 했다. 우리는 다시 대학본부 앞 넓은 잔디밭으로 나갔다. 이놈이 카메라가 없는지 친구가 한 명 와 서 있었다.

나를 중심에 두고 오른쪽은 제자, 왼쪽은 어머니가 섰다. 어머니는 흰 한복을 입고 왔는데 무명이 아니었던가 생각된다. 나란히 서고 이제 사진을 찍기 위해서 포즈를 취했다. 그런데 갑자기 제자의 어머니가 내 손을 꽉 쥐면서 고맙다고 인사를 했다.

나는 순간 깜짝 놀라며 멈칫했다. 그 어머니가 하는 인사말은 들리지 않고 누군가 내 손을 잡은 감각만이 내 가슴속에 '팍!' 하고 전달되는 것이었다. 어머니가 고맙다고 내 손을 잡는데 마치 딱딱한 장작 껍질이 닿는 듯했다. 너무 거칠었다. 주름진 곳에 새까맣게 탄 피부가 퍼져 있고, 그 사이사이 주름들이 흰 강물같이 흘러내리듯 패어져 있었다.

갑자기 눈앞이 캄캄해졌다.

'저 어머니가 바닷가 조그만 밭에서 돈도 안 되는 양파를 심어 고생스럽게 키워서 그걸 팔아가지고 지금 저 아들의 머리에 금실로 만든 학사모를 씌웠겠구나' 하는 생각이 들어서 가슴이 미어지는 것 같았다.

어머니의 새까맣게 탄 피부를
까만 피부 속에 감춰진
자식 사랑의 의미를 알려는지

제자가 어머니의 새까맣게 탄 피부를 알아나 볼런지. 혹은 까만 피부 속에 감춰진 자식 사랑의 의미를 알려는지. 그러면서 나는 한참 동안 나 자신을 멍하니 돌아보고 있었다.

까만 피부는 고생의 흔적이다. 그 흔적 속에 들어있는 어머니의 사랑과 따뜻한 품과 그리고 그 희생을 자식이 알아서 자신의 삶으로 어떻게 가져가는가 하는 것이 가족관을 만들어 낸다.

그 후로 나는 졸업식에 한 번도 사진을 찍으러 가지 않았다.

졸업식에 가면 내가 눈물이 쏟아질 것만 같고, 나를 위해서 애쓰던 부모님의 이야기들을 내가 다시 반추하게 되는 것이 겁이 나서였다.

나이 五十 가까우면
기운 內衣는 안 입어야지.
그것이 쉬울세 말이지.
성한 것은
자식들 주고
기운 것만 내 차례구나.

겉만 멀끔 차리고 나니,
눈 가림만 하자는 것이네.

설사 남이야 알 리 없지만
내가 나를 못 속이는 걸.
내가 나를 못 속이는 걸.

뭘, 그러세요. 기운 것이나마
따스면 됐지. 아내의 말일세.
얼마나, 사람이 億萬年 살면
등만 따스면
살 것인가.

지금은 嚴冬
눈이 얼어, 氷板이구나.
등만 따스면
그만이라, 겉치레도 벗어버릴까.

안팎이 如─하고

表裏없이 살자는데
어라, 바로
너로구나.

누더기 걸친 우리 內外
보고 빙긋 마주 빙긋
겨울 三冬을 지내는구나.

박목월, 〈영탄조〉

박목월 시인의 영탄조이다. 가족의 생활을 부모의 시각에서
보여주고 있다. 겉은 기워서 멀쩡하게 빨아 입고 길에 나서지만
속에 든 내복이 누추한 것을 입고 있는 것은 누구보다도 자신이
잘 알고 있다. 자식이 있기에 두 내외는 행복하고 그래서 이런
것을 입어도 어떠한 겨울철이 와도 따뜻한 마음으로 지낼 수 있
다는 것을 이 시는 말해주고 있다.

부모가 나를 위해서 무엇을 해주는지도 모르고 자식이 부모
에게 하는 것이 무엇인지도 모르는 채 산다면 인간다운 삶이 이
뤄지지 않을 것이다.

훌륭한 삶의 세계로 성장하는 방법은 이와 같이 그 의미를 만들어서 삶에 반영시켜 삶의 틀로 만들어 갈 수 있도록 하는 것임을 잊지 말아야 할 것이다.

어린 날의 장마철

올해는 유난히 장마가 늦고 있다. 장대같은 비가 며칠을 퍼부어대는 장마를 생각하면 나에게는 슬프디 슬픈 추억이 있다. 내가 고등학교를 다닐 시절 원효로 4가에는 장마철이 되면 항상 물난리가 났다. 원효로 3가 전차종점 근처 한강변에는 장마가 지면 항상 물이 밀려들어와 도로를 잠기게 했다. 버스나 전차도 다닐 수가 없었다. 특히 우리 집에서 나와 골목길을 걸어 나와 버스 정류장으로 가려면 내리막길을 따라 한참 걸어가야 하는데 이 길이 항상 물난리가 나는 곳이었다. 이 길에 물이 한강에서 밀려 들어와 가슴까지 차면 사람들은 다닐 수가 없었다.

며칠째 비가오던 어느 날이었다. 그날 아침 집을 나설 때 어머니는 행여나 물이 불어나 길이 막히면 돌아서 딴 길로 오라고 일러주었다. 학교가 파하고 전차를 타고 원효로 2가쯤 왔을때 전차가 멈추어섰고 더 이상 갈 수 없다고 했다. 전차에서 내려보니까 사람들이 우왕좌왕하고 있었다. 어떤 이는 가슴까지 차는 누런 황토물속을 걸어다니며 이불이나 살림집기를 옮기느라 분주했다. 또 시장바닥처럼 사람들이 붐비는 속에 물구경 나온 사람까지 합쳐져 인산인해를 이루고 있었다. 나는 이 길을 피해 언덕 쪽 방향을 잡고 걷기 시작했다. 우산을 썼는데도 폭포처럼 쏟아져내리는 빗물에 온몸이 젖었다. 운동화 속은 물로 가득 차 발가락이 미끈거렸다. 언덕 꼭대기를 돌아 우리 집이 내려다보이는 성당마당에 섰다. 그때였다. 사람들이 큰소리를 질렀다. 멀리 한강물이 마치 뚝이 무너진 것처럼 물보라를 일으키며 흘러가는 것이 보였다. 사람들은 그 물속에 소가 떠내려가고 있다고 소리치는 것이었다. 나는 볼 수 없었지만 빗물이 온통 세상을 덮어버리는 것이 아닌가 걱정이 되었다. 우리 집으로 가려면 산을 타고 소로로 내려가야 하는데 포장도 되지 않은 길로 가야 했다. 성당 뜰에서 나와 내리막 소로로 나와 보니 산에서 흘러내린 물들이 흙을 집어삼키고 마치 토해내듯이 길을 파들어가며 흘러가고 있었다. 나는 조심스럽게 황토길 한쪽을 찾아 한 발 한 발 옮겨 놓았다. 얼마 내려가지 않았을 때였다. 한 발을 내딛다 잘못해서 물에 운동화 한 짝을 빠뜨렸다. 물길을 타고 흘러내려가는 운동화 한 짝을 보면서 어찌할 수가 없었다. 운동화는 산지 며칠 지나지 않은 새것이었다. 나는 어쩌나 하고 내려가는 물길을 따라 빨리 발걸음을 옮겼지만 운동화를 붙잡을 수는 없었다. 이미 우산도 놓쳐버리고 겨우 책가방만 손에 들고 온몸에 비를 맞으며 황토길에 서 있어야만 했다. 날은 점점 어두워오고 물길은 더 세차게 흘렀다. 발길을 옮기려고 해도 물살이 아래로 흘러가 발을 디딜 땅을 찾기가 힘들었다. 나는 길 위에 주저앉았다. 사람들도 아무도 없었다. 길 주위에 심어놓은 나무들도 물살에 흙이 깎여 넘어져 누워있었다. 점점 비는 세차게 내리고 어찌할 수가 없었다. 할 수 없이 다시 위로 올라가 성당처마 밑에 앉았다.

갑자기 집에 있는 엄마 생각이 났다. 엄마가 얼마나 걱정할 것인가 하는 마음에 더 이상 앉아있을 수가 없었다. 나는 다시 산길을 내려가기 시작했다. 얼마 가지 않아서 물살에 길이 막혔다. 그때 한 청년이 물살 건너편에 서 있었다. 나를 보더니 조금 기다리라고 하고 판자를 가져와서 물살 위에 다리처럼 놓아주었다. 나는 송판 위를 엉금엉금 기어서 넘어갔다. 그리고 또 아래로 내려갔다. 황토길을 벗어나 조금 평평한 아스팔트길에 다다랐다. 그런데 이 아스팔트길에 사람들이 모여있었다. 아스팔트길이 물이 차서 건널 수가 없다고 했다. 보니까 배꼽 정도의 물이 차 있었다. 한 50미터를 걸어가면 다시 물이 없는 길에 닿을수 있었다. 나는 책가방을 머리에 이고 한쪽 신발을 벗어 들고 물속으로 들어갔다. 한참 맨발로 물속을 디뎌 겨우 건너편 도로에 닿았다. 물에 젖은 생쥐꼴이었지만 누구도 나를 쳐다보지 않았다. 다시 오르막길을 올라 성심여고 교문 앞까지 걸어갔다. 다시 내리막길이라 아래를 보니 우리 집으로 들어가는 골목까지 물이 차 있었다. 나는 어쩔 수 없이 다시 한 손에 신발을 한 손에는 책가방을 들고 골목 앞으로 갔다. 물은 무릎까지 왔다. 이렇게 천신만고 끝에 집에 갔다.

어머니는 어떻게 왔느냐고 물으면서 고생했다고 내 등을 두드렸다. 아버지도 아직 오지 않으셨다. 어머니는 나를 마당에 데리고 나가 옷을 다 벗게 하고 대야에 물을 담아와 씻겨주었다. 머리도 감기고 등허리도 비누칠을 해서 닦아주었다. 더러운 구정물속을 헤매고 온 나를 한참이나 걸려서 깨끗이 씻겨주었다. 그날 밤 아버지는 늦게 들어왔다. 나는 아버지가 어떻게 걸어왔을까 하고 혼자 생각했다. 지금 돌이켜보면 다 큰 고등학생인 내가 엄마가 다 벗겨놓고 씻겨주던 그 정다운 기억을 떠올릴 때 부끄럽고 어색한 느낌이 들지만 장마 때 겪어야 했던 우리 동네 풍경을 다시 떠올리게 된다.

할머니는 장마가 들면 풍년이 온다고 했다. 그 말처럼 물난리를 치던 서울의 용산 원효로 지역이 지금은 매끈한 아스팔트가 깔리고 어떤 비가와도 발목을 겨우 적실까 하는 정도의 물만 도로나 보도에 깔릴뿐인 것을 생각하면 정말 세월이 많이 변한 것 같다. 그러면서도 아쉬운 것은 서로 손을 잡고 물을 건너게 하고 내 집과 옆집을 생각하지 않고 가재도구들을 들어 마른 곳으로 옮겨주고 또 업어서 건져주고 하는 서로 도우며 살아갔던 아름다운 일들인 것이다. 장마는 이제 무서운 재앙이라기보다 지루하게 비가 오래 내리는 날들로 여겨지고 있지만 이 장마비가 엉뚱하게 서로 살아가는 참다운 아름다운 이야기를 만드는 힘이 있다는 것을 기억하고 있다.

작년이었다. 비가 오래도록 내린 날 나는 집안에 며칠을 앉아 있게 되었다. 아파트 창밖에 비가 뿌리쳐 창문이 뿌옇게 보였다. 나는 갇혀진 방 안에서 엉뚱하게도 빗속으로 뛰어나가 보고싶은 충동이 났다. 어린 날 우산도 없이 빗속을 뛰어가며 맨발로 빗물을 차던 생각이 났기 때문이다. 이제는 빗물 하나도 머리에 맞으면 머리털이 빠진다고 해서 비를 겁내고 장마가 오면 장사가 안 된다고 투덜거리는 사람들을 볼 수 있다. 이렇게 세월이 변하는 것이지만 자연과 인간이 어울려 살아가는 멋진 교감의 시간도 필요한 것이 아니겠는가. 무엇이 우리를 자꾸만 좁은 세계 속에 갇히게 하고 견딜 수 없는 자기 하나의 고립된 섬으로 만들어 가는 것일까. 그건 행복한 것이 아닐 것이다.

장마가 늦어지고 있다. 그러나 장마는 올 것이고 이제 그 음울한 빗속에서 어떻게 밝은 생각을 끄집어 낼 것인가를 걱정하게 된다.

외로움이 찾아올 때

우리는 사회나 가족 안에 있으면서도 항상 자신이 소외된 듯한 외로움을 품고 산다. 이 외로움이 마음에서 자라나면서 육체적 질병을 유발하는 원인이 된다는 미국 대학의 연구도 있다. 어쩌면 낭만적이라고 느껴지기도 하는 이런 외로움이 실체가 있는 질병으로 이어지는 것이 새삼 놀랍기도 하다. 나도 이 외로움의 고리에 걸려 고생한 적이 한두 번이 아니다.

젊을 적 춘천에서 학생들을 가르칠 때였다. 학교 앞 어느 집 문간방에 세 들어 자취했다. 학교에 가면 제자들이 문턱이 닳도록 연구실에 찾아와 정신을 차릴 수 없을 만큼 바쁘게 보냈다.

저녁이면 논문 준비와 책에 매달려 밤이 깊은 줄도 모르고 지냈다. 그런데 이 번잡한 일상에서 벗어나 아무도 없이 혼자 남겨지게 되면 문득 외로움의 회오리에 감기게 되었다.

늦은 오후, 버스를 타고 시내로 가서 혼자 찻집에 앉아있었다. 이 찻집은 시내에 유일하게 클래식 음악을 들려주는 곳이었다. 그런데 얼마 지나지 않아 음악이 짜증스럽게 들리기 시작했다. 친구도 한 명 없이 혼자 외롭게 춘천에 떨어져 있는 것이 마치 먼 땅으로 유배당한 것처럼 느껴졌다. 마음이 허전해서 밖으로 나와 목적도 방향도 없이 그냥 걸어갔다. 노을이 붉게 물들기 시작하며 사위가 어둠에 잠기고 있었지만 혼자라는 외로움에 몸서리가 쳐져 낯선 길을 걷고 걸었다. 어느새 내 앞에 소양호 한 자락이 발끝에 닿았다. 그제서야 고개를 들어보니 캄캄한 호수가 나를 휘감는 검은 구름떼처럼 밀려와 있었다. 시간 가는 줄도 모르고 호숫가 나무에 기대어 섰다가 다시 발길을 돌렸다.

그 후 나는 외로움에 몸서리쳐질 때쯤이면 또 시내에 들렀다가 아무 생각 없이 이 호숫가를 찾아 돌아오곤 했다. 그날도 호수를 향해 걷고 있었다. 그런데 시내를 벗어날 즈음 아버지의 시가 떠올랐다.

나의 배후에는

아무도 없다

구름이 갈라진 틈서리로

별이 널려 있는 밤하늘과

반폭(半幅)

불이 환한

벽면(壁面)의 어두움

나의 배후에는

아무것도 없다

진실로 신앙조차

등을 기댈 기둥이기 보다는

발등을 밝히는

희미한 불빛이다

세상에는

누구나 등을 기댈

배후가 없다(중략)

박목월, 〈나의 배후〉 일부

아버지는 형제도 없이 6대 독자였다. 아버지가 세상을 사는 동안, 아버지가 기대고 의지할 수 있고 힘이 되어주는 배후라고 할 만한 것이 없었다는 생각이 들었다. 우리 형제들을 이끌고 살면서 갑자기 무슨 일이 생겨도 누구에게 손 내밀 데가 없었구나 하는 생각이 들었다. 그러자 나의 외로움이 사치인 것처럼 갑자기 헐거워지기 시작했다.

외로움은 마음에 품고 담아둘 수만은 없는 것이다. 외로움의 치유를 위해서는 마음의 문을 열어야 한다. 이 마음의 문을 어떻게 열어야 할까.

봄날이다. 어머니는 봄날이 오면 손이 바빠졌다. 먼저 겨우내 짚으로 둘러싸놓았던 들장미를 풀어 헤치고 담장에 심어놓은 개나리를 손보곤 했다. 나는 좁은 마당에 화초나 심어야지 들장미나 개나리처럼 온통 담장을 덮는 꽃은 지저분하게 보이지 않느냐고 어머니께 말씀드렸다. 그렇지만 어머니는 "이 꽃들을 우리만 보는 것이냐?" 하며 손보기를 그치지 않았다.

할머니도 그랬다. 봄소식이 오면 먼저 담장 밑에 나팔꽃 씨앗을 뿌렸다. 그러고는 막대기를 세우고 철사로 얼기설기 엮어 나팔꽃이 담장에 기대어 자랄 수 있도록 했다. 나는 꽃을 대문가에 심으면 오고가는 사람들이 많이 볼텐데 하고 생각하며 할머니에

나도 이 외로움의
고리에 걸려 고생한 적이
한두 번이 아니다

게 "왜 거기 심느냐"고 물었다. 옆집과의 경계가 되는 담장 곁에 심는 것이 마음에 들지 않았기 때문이다. 할머니는 담장을 꽃으로 덮어버리고 싶어서라고 말했다. 그때는 그 말을 이해할 수 없었지만 나중에 시간이 지나면서 그 마음이 어떤 마음인지 알게 되었다. 할머니는 이웃과 마음의 장벽을 열고 살아가고 싶었던 것이다. 네덜란드 암스텔담 창밖 베란다에는 아름다운 꽃 화분이 있어 지나가는 사람들에게 아름다운 꽃 향기를 상상하게 한다. 이런 삶의 방식이 얼마나 소중한 것인지를 비로소 깨달았다.

외로움은 스스로가 마음에 장벽을 치고 혼자 갇히는 감옥이 될 수도 있다. 다른 사람에게 손을 내밀어 함께 사는 기쁨을 얻고 외로움에서 벗어날 길을 찾아야 한다. 외로움은 멋진 구름처럼 나를 땅에서 하늘로 올라가게 한다. 하지만 하늘에만 있으면 안 된다. 그 하늘의 끝에서 다시 땅으로 돌아와야 한다. 그래야 참다운 인간다움의 세계에 안착할 수 있다.

아버지가 고생하세요

며칠 전 텔레비전에 캄보디아에서 온 외국인 노동자 이야기가 나왔다. 삼 년 전 캄보디아에서 우리나라로 와 농촌 비닐하우스에서 일하는 한 중년 가장의 이야기였다.

캄보디아에 두고 온 부인과 열 살, 일곱 살쯤 되어 보이는 아들이 한국으로 왔다. 그들은 한국에 와서 아버지를 만나기 전에 먼저 농장 비닐하우스를 찾아가 아버지가 일하는 모습을 숨어서 몰래 지켜봤다. 한밤중, 엄마와 아이들은 아버지를 대신해 열무를 뽑아 상자에 담아두었다. 이튿날 아침이 되자 아버지는 누군가가 자신의 일을 다 해놓은 것을 알고 깜짝 놀랐다. 그제서야 아내와 아이들이 비닐하우스에 나타나 만나게 되었다. 이들은 서로 껴안고 삼 년이나 보지 못했던 마음을 씻어내며 눈물을 흘렸다. 아버지는 시장에 가서 아이들의 옷을 사 입히고 아내에게는 까만 신발을 사 주었다. 며칠간 한국의 명소를 이곳저곳 구경시켜 준 후, 결국 아내와 아이들을 캄보디아로 떠나보내야 했다. 공항에서 헤어질 때가 되자 그들은 마치 평생 못 볼 사람처럼 서럽게 울었다. 삼 년만 더 떨어져 있으면 아버지가 캄보디아에 돌아와 돼지 열 마리를 키우는 축사를 마련하여 편안하게 살 수 있게 되리라는 약속을 나누고 헤어졌다.

나는 이들을 보면서 얼마나 가슴이 아팠는지 모른다. 살아가기가 힘이 들어 가족이 헤어져야 하는 것 때문만은 아니었다. 열 살쯤 된 어린 아들이 비닐 흙바닥에서 아버지가 하던 열무를 뽑으면서 "아버지가 고생하세요" 하던 말 때문이었다.

아버지의 고생을 어린 아들이 알아준다는 것이 큰 감동으로 다가온 것이다.

내가 청년이었을 때, 우리 집으로 들어가는 골목에 한 가족이 살고 있었는데 아저씨는 중동으로 일하러 갔다고 했다. 그 집 아주머니는 우리 집에 자주 왔다. 어머니가 그 아주머니에게 집안일을 부탁하기도 하고 김장일을 거들게 하면서 조금이라도 도움을 주고 싶어 했기 때문이었다. 그 집에는 남매가 있었다.

초등학교 일학년인 여자아이는 학교에 갔다오면 엄마를 찾아 곧잘 우리 집에 왔다.

어느 날 집에 갔더니 어머니가 안방에서 울고 계셨다. 여자아이에게 사과 두 개를 주었는데 먹지 않고 손에 들고 있더라는 것이었다. "중동에서 고생하시는 아버지가 오면 같이 먹겠다"면서 말이다. 어머니는 어린 것이 아버지가 고생하는 것을 알고 사과도 못 먹는 것이 안타까워서 울었다고 했다.

당신이 찍어놓은 노예낙관이 참 무섭다
휘어진 등허리보다 휘어터진 마음 한 올
아리고 아려서 슬픈
착한 천성이 더 아프다

온 들에 핀 잡풀도 꽃이 되기까지는
가느다란 꿈을 향해 맨몸으로 비를 맞고
허기진 식솔을 위한 수고,
활짝 켜든 박꽃 같다

오늘도 가장(家長)은 박 줄기 같은 손을 뻗어

허공 밭을 일궈놓고 구슬땀 훔치는 사이

아이는 무럭무럭 자라고

제 흉터에도 달이 뜬다

임성구, 〈일 하는 사람〉

이 시는 아버지의 마음에 담긴 가장으로서의 삶을 그려내고 있다. 가족을 위해 일하는 아버지의 고생을 순박한 박꽃의 피어남으로 보여주고 고생이라는 흉터에 달빛이라는 위안이 내려앉는 것으로 보여준다.

이 위안은 생활 안에서 그려진 가장에 대한 깊고 애정 어린 이해에서 얻어지는 것이다. 아버지의 고생을 자신의 삶과 연결하여 아버지를 위로할 수 있는 것은 현실을 정직하게 바라볼 수 있는 눈이 있어야 가능하다. 아버지라는 가장이 가족 모두에게 삶의 견인이라는 튼튼한 밧줄이며 역동의 엔진임을 알아야 한다. 이를 생활 습관으로 익혀 사회에 나와야 나를 지키는 유일한 병기가 되는 것이다.

손녀의 선물을 고르며

　어제는 다리가 아프게 돌아다녔다. 큰일이 있어서 바쁘게 돌아다닌 것이 아니다. 백화점에 가서 기웃거리고 옷가게에 가서 이것저것 뒤져보느라고 하루를 보냈다. 내가 무엇을 살 것이 있어서가 아니라 미국에 있는 열세 살이 된 손녀가 보낸 사진 한 장 때문이었다. 크리스마스가 한 달도 남지 않아서 얼마 전 손녀들과 전화를 하면서 "할아버지가 어떤 걸 선물로 보내줄까?" 하고 물은 적이 있었다. 멀리 떨어져 있기에 나는 그들이 얼마나 컸는지 어떻게 자라는지를 잘 모른다. 어린 날에는 나이만 생각하고 옷을 사 보내도 손녀들이 좋아한다고 들었지만 이제는 키

가 얼마나 컸는지도 알 수 없었다. 더욱이 중학교 이학년에 올라
간 손녀는 아마 사춘기쯤 되리라 생각된다. 그리고 둘째 손녀도
초등학교 삼학년이라 이제는 스스로 좋고 싫음을 드러낼 때라는
생각이 들었다. 나는 그들이 성장해가는 것을 멀리서 상상만 하
기에 크리스마스 선물이 힘들어졌다. 그래서 전화로 물어본 것
이었다. 큰 손녀가 어디서 찾아내었는지 그가 입고 싶다는 털 달
린 파커를 사진으로 찍어 보내주었다.

　이 사진을 보면서 여러 곳을 찾아다녔다. 나는 비슷한 옷을 여
러 가지 찾을 수 있었지만 마음에 드는 것을 골라내기가 쉽지 않
았다. 나는 저녁 돌아오는 전철 안에서 왜 고르지 못하고 허둥거
렸나 생각했다. 조금이라도 더 예쁘고 더 좋은 것을 사주고 싶어
하는 내 욕심 때문임을 알게 되었다. 문득 목월 시인의 시가 떠
올랐다.

아베요 아베요
내 눈이 티눈인 걸
아베도 알지러요
등잔불도 없는 제사상에

축문이 당한기요

눌러 눌러

소금에 밥이나마 많이 묵고 가이소

윤사월 보릿고개

아베도 알지러요.

간고등어 한 손이믄

아베 소원 풀어드리런만

저승길 배고플라요

소금에 밥이나마 많이 묵고 묵고 가이소

여보게 만술(萬述) 아비

니 정성 엄첩다.

이승 저승 다 다녀도

인정보다 귀한 것 있을락꼬.

망령(亡靈)도 감응(感應)하여, 되돌아가는 저승길에

니 정성 느껴느껴 세상에는 굵은 밤이슬이 온다

박목월, 〈만술아비의 축문〉

집에 돌아와 이 시를 펼쳐 읽어보았다. 가난한 만술아비가 저승에 가신 아버지를 향한 제사상에 겨우 눌러 담은 밥 한 그릇과 소금을 올려놓고 저승길에 아버지가 배고플까봐 걱정하며 기원하는 장면이 그려져 있고 귀신도 감응해서 이 인정 어린 정성을 알아줄 것이라는 뜻이 보였다. 그리고 나서 이 시에는 만술아비의 정성을 알아주는 증거로 굵은 이슬이 내린다는 상상적 시인의 영감이 어우러져 있었다. 비록 만술아비의 정성을 아무도 몰라줄지 모르지만 굵은 이슬만은 그 굵은 크기만큼의 만술아비 슬픔을 알기에 내리는 것이라는 위로가 담겨 있음을 느꼈다.

세상은 너무 야박해져서 어린 아이들도 비싸고 훌륭한 물건을 주어야 사랑이 담겨 있는 것이라고 여기는 경우가 많아지고 있다. 정성은 보이지 않는 아름다운 포장지쯤으로 여길 수도 있다. 무엇이든지 남이 가진 것을 나도 가질 수 있어야 하고 내가 가진 것이 남이 가진 것보다 더 비싼 것이어야 살아가는 재미가 있다는 사람들도 많다. 정말 그런 것일까. 멀리 떨어져 자라는 손녀들이 할아버지가 몇 바퀴 이곳저곳 다니며 정성스럽게 골라낸 것인 걸 어떻게 생각할까? 이 생각 때문에 만술아비가 생각난 것이었다.

사랑만 가지고 자식을 키울 수야 없지만 사랑 속에 숨겨진 정성 어린 할아버지의 심정을 알아주기를 바라는 것은 무리한 나의 욕망인지도 모른다. 아무리 부모에게 잘 해드린다고 해도 변변치 않은 일만 저지르는 자식임을 생각하면서 엉뚱하게 손녀들에게 내가 너무 많은 것을 알아주기를 바라는 할아버지가 아닌가 하는 생각도 들었다. 그러면서도 굵은 이슬 한 방울이 내 마음 알아 내려주기를 바란다.

포플러 잎새와
어머니의 나라

　귀에 익은 말이지만 애국이라는 말이 가끔은 낯설 때도 있다. 지나간 먼 시절의 정치 구호처럼 나와 멀리 떨어져 나가버린 버려진 말처럼 들릴 때도 있다. 그러나 실은 아무리 세수를 해도 지워지지 않는 얼굴처럼 생명의 터전이고 생명의 울타리이며 나와 내 조상 그리고 내 자손이 생명을 바쳐 지켜가야 할 터전이다. 이 터전 위에서 모든 삶의 꿈을 이루어가게 된다. 나와 우리가 생명을 함께 영원을 향한 서약의 아름다움이며 함께 사는 행복의 실천인 것이다.

　유월이 오면 청포도가 익어가는 계절이라고 시인은 노래한다.

나에게 유월의 기억은 무성한 포플러 잎새들의 화려한 열병이다. 초등학교 육학년, 학교로 가는 길은 멀고 멀었다. 전차를 타고 세 정거장을 가야 했지만 동네 아이들은 모여서 함께 걸어갔다. 아침부터 빛나는 햇볕이 이마에 내려앉으면 가로수로 심어 놓은 포플러 나무 그늘 밑을 요리조리 건너가며 걸었다.

그런데 이 유월의 포플러 잎이 공포의 잎새로 변하고 말았다. 그해 유월 이십팔일 인민군이 갑자기 우리 동네 한강 둑에 나타났다. 철모에 그물을 치고 그 사이에 포플러 가지를 꺾어 꽂아 위장을 했다. 가슴과 등도 잎새로 덮고 있었다. 우리 아이들은 무서워서 가까이 갈 수가 없었다. 탱크 주위에 포플러 잎새로 위장하고 서 있던 인민군은 금방이라도 따발총을 갈길 것 같았다. 시간이 지날수록 포플러 잎새로 위장한 군인들은 남쪽으로 가기 위해 둑 위로 열을 지어 걸어갔다. 나는 포플러 잎새를 보면 그들이 눈앞에 보였고 포플러 나무 잎새는 무서운 공포의 환상을 가져오는 것이었다. 세월이 흐른 지금 다시, 유월 내 기억의 저편에는 포플러 잎새의 공포가 남아있지만 인민군이 빼앗았던 우리의 터전과 삶을 다시 찾게 해준 우리 군인들이 얼마나 고마웠는지를 지금도 느끼고 있다.

고등학교 시절 현충원에 간 적이 있다. 유리병이나 깡통에 꽃을 꽂아 순국 용사들의 조그마한 비석 앞에 놓아두었다. 알지도 못하는 군인의 비석 앞에 꽃을 놓고 돌아설 때마다 포플러 잎새로 위장했던 인민군과 전투를 하는 우리 군인들의 모습이 선하게 보였다.

오늘 나는 이 조국을 위해 목숨을 바친 젊은 군인들을 기억하면서, 나는 국가라는 나의 모든 생명의 총체를 어떻게 생각하며 사는지를 돌아본다.

먼저 어머니 생각이 난다. 어머니는 유월이 오면 어김없이 온몸이 쑤신다며 드러누워 있는 날이 많았다. 학교에서 돌아와 안방에 누워 있는 어머니에게 "어디가 아파요?" 하고 물으면 "뼈마디가 아파"라고 했다. 해마다 유월이면 어김없이 몸이 불편하다고 누워버리는 어머니를 볼 수 있었다. 어느 날 밤이었다. 그날도 어머니는 누워서 앓고 있었다. 나는 왜 해마다 유월이면 병이 생겨나는지를 어머니에게 물었다. 어머니는 "막내가 유월에 태어났는데 그때 산후조리를 잘못해서 그런가보다"라고 했다. 나는 그제서야 눈앞이 환해졌다. 우리는 오형제인데 나는 맏이다. 그중 막내는 전쟁이 끝난 직후 피난살이를 하다가 서울로 돌아온 후에 태어났다. 서울은 온전한 건물이 하나도 없을 만큼 잿더미로 변해 있었다. 하루끼니도 마련하기 힘들었다. 어머니는 학교

에 다니는 우리들을 뒷바라지하느라 산모라고 해서 누워있을 수도 없었다. 그때 생긴 후유증이었다. 나는 유월이 와서 어머니가 아프다고 하면 알 수 없는 분노가 가슴에 치솟고 포플러 잎새로 위장한 탱크병의 무서운 모습이 떠올랐다. 그리고 이런 전쟁이 일어나지 않기를 기원했다.

어머니가 누워 있을 때였다. 나라는 미래에 대한 생각보다는 이기적인 자기 이익에만 매달린다고 누가 말했다. 그러자 어머니는 "나라 사랑하는 마음이 없어서 그래" 하셨다. 그리고 나서 나를 둘러싸고 있는 이들과 함께 사는 고마움을 가져야 한다고 했다. 어머니에게 애국은 '함께 사는 고마움'이었다.

나에게 있어서 유월은 어머니가 해마다 앓아야 했던 뼈마디가 주는 통증소리와 인민군의 철모에 꽂혀있던 포플러 잎새로 기억된다. 이제 나는 어머니의 애국을 기억한다. 함께 사는 고마움을 통해 우리를 위해서 생명을 바친 이들에 대한 경외와 살아가는 이들이 모두의 목숨을 바쳐 나은 내일로 가는 길을 열어야 한다고 생각한다. 애국은 이 땅과 우리들이 '함께 산다'는 정신과 마음의 하나이리라 생각해본다.

나는
그런 사람이 되고 싶다
빛같이 신선하고
빛과 같이 밝은 마음으로
누구에게나 다정한
누구에게나
따뜻한 마음으로 대하고
내가 있음으로
주위가 좀 더 환해지는,
살며시 친구 손을
꼭 쥐어주는,

세상에 어려움이
한두가지랴
사는 것이 온통 어려움인데
세상에 괴로움이
좀 많으랴
사는 것이 온통 괴로움인데

그럴수록 아침마다 눈을 뜨면
착한 일을 해야지,
마음속으로 다짐하는
나는 그런 사람이 되고 싶다

서로서로가
돕고 산다면
보살피고 위로하고
의지하고 산다면

오늘 하루가
왜 괴로우랴
웃는 얼굴이 웃는 얼굴과
정다운 눈이 정다운 눈과
건너보고 마주보고
바라고 산다면,
아침마다 동트는 새벽은
또 얼마나 아름다우랴

아침마다 눈을 뜨면

환한 얼굴로

어려운 일 돕고 살자

마음으로 다짐하는

나는

그런 사람이 되고 싶다

박목월, 〈빛을 노래함〉 일부

살아있어야 하는 이유

아침에 출근하려고 아파트 문 앞에 나오면 노란 승합차가 기다리고 있다. 그리고 젊은 엄마들이 병아리색 옷을 입은 아이의 손목을 잡고 승합차 앞에 몰려 서 있는 것을 볼 수 있다. 가끔 나는 지나가다 서서 이들의 모양을 멀거니 구경하곤 한다. 내 어렸을 때 모습이 떠오르기 때문이다.

내가 초등학교 일학년에 입학할 때였다. 손수건을 접어 가슴에 달고 학교에 갔다. 입학식이라 사람들이 많았다. 선생님들이 반표시를 한 장대를 들고 서 있었다. 아이들은 표시를 보고 장대 앞에 한 줄로 줄을 서 있었다. 나는 앞에서 다섯 번째 자리에 섰다. 그런데 큰 아이들이 와서 내 앞자리에 들어섰다. 나는 점점 뒤로 밀려갔다. 끝에서 서너 번째쯤 되었다. 아이들 뒤에 둘러서 있는 부모들을 돌아보았지만 어머니는 보이지 않았다. 나는 큰 아이들 때문에 앞에 서 있는 여선생님이 보이지 않았다. 줄에서 조금 삐져 나와 목을 빼고 선생님을 찾았지만 여전히 보이지 않았다. 얼마 뒤 우리는 소리 높여 구호를 부르며 교실로 향했다. 그날 교실에서 선생님의 주의를 듣고 집에 오는 길이었다. 어머니는 한 손으로 내 손목을 잡고 한 손에 손수건을 들고 흘러내리는 눈물을 닦으며 걷고 있었다. 내가 어머니에게 왜 우느냐고 물었다. 어머니는 "너가 너무 작아서 아이들 틈에 어떻게 견딜지 걱정이 돼서 눈물이 나온다"고 했다. 나는 어머니의 말을 이해할 수 없었지만 나 때문에 우는 것임을 알았다. 내 가슴에 지금도 어머니의 눈물이 그대로 있다. 이는 어머니의 아들이라는 뜻이고 아들의 힘없고 조그마한 체구 앞에 눈물로 속상해 하는 어머니의 눈물은 핏줄의 뜨거운 사랑 때문이라는 것도 안다. 이러한 핏줄의 뜨거운 모정은 그것으로 충분한 것이기도 하지만 더 중요한 것은 이를 통해서 인간의 삶이 이루어진다는 것이다.

아버지 역시 세상에 나가서 왜 고생하시느냐고 물으면 "우리 가족을 위해서"라고 한다. 이와 같이 한 가족을 중심으로 해서

삶의 자리는 단순히
내 부모고 내 자식이라는
혈연만이 전제하는 것은 아니다

이루어지는 가정이라는 삶의 자리는 단순히 내 부모고 내 자식이라는 혈연만을 전제로 하는 것은 아니다. 혈연을 뛰어넘어 살아있어야 하는 이유를 만들어내는 자리가 되어야 하고 서로 생명을 내던지고 엉켜서 살아가야하는 삶의 동반자로서의 의미를 찾아 가정이라는 체계를 만들어내야 하는 것이다. 그 가정에서 일어나는 삶의 형태가 가정의 행복을 창출하는 길이 되고 또 서로 맺게 되는 혈연의 관계를 어떻게 인간다운 관계로 승화시켜내야 하는 것이 중요한 목표가 된다.

내가 대학에 다닐 때였다. 나는 친구들과 어울려 놀다가 밤이 깊어야 집에 돌아갔다. 어머니는 일찍 집에 돌아오라고 일렀다. 그러나 나는 친구들과 어울리면 어머니에 권유는 까맣게 잊어 머리에 남아있지 않았다. 밤 열두 시 경이 되어야 집에 들어가곤 했다. 그런데 어머니는 이 깊은 밤 항상 대문 앞 계단에 앉아 있었다. 내가 골목에 들어서면 어머니는 일어나서 내 이름을 불렀다. 나는 그제서야 어머니가 기다리고 있다는 것을 알곤 했다. 그래도 나는 마음에 큰 부담이 없었다. 대학생이 되어 친구와 사귀는 것이 중요했고 새로운 세상에 관한 관심이 집 문제를 뛰어넘고 있었다. 어느 눈 오는 날이었다. 그날도 나는 늦게 골목으로 들어섰다. 어머니는 계단에 앉아서 나를 기다리고 있었다. 어머니가 받치고 있는 우산 위에는 눈이 소복이 쌓여 있었다. 어머니는 나를 보자 일어서서 우산에 붙은 눈을 털고 저녁은 먹었느냐고 물었다. 나는 못 먹었다고 했다. 어머니는 나를 데리고 방에 들어가서 앉게 하고 부엌에서 밥상을 차려 들고 나왔다. 나는 늦은 저녁을 먹었다. 그리고 내 방에 돌아와 책상에 앉았다. 그때 갑자기 어머니는 나를 위해서 왜 저 고생을 힘들다 하지 않고 살고 계실까 하는 생각이 들었다. 어머니는 자식이라는 말속에 생명보다 더 진한 사랑을 담고 그리고 어떤 희생을 해서라도 자식을 잘 되게 만들어가려는 깊은 의지를 가지고 있는 것이라고 생각되었다. 이것이 바로 가정을 만드는 힘이고 인간다운 삶을 누려가는 방법임을 나는 알았다.

오늘날 왜 그렇게 부모와 자식 아니면 남편과 아내 사이의 문제가 신문이나 텔레비전에 많이 나오는지 놀라울 때가 한두 번이 아니다. 어떤 이는 세상이 달라졌다고도 하고 어떤 이는 인간의 존엄한 가치를 잃어버렸다고도 한다. 이러한 현상은 여러 가지 이유가 있겠지만 무엇보다도 가정이라는 삶이 중심에 있는 것에 대한 문제를 먼저 생각해 보지 않을 수 없다. 인간이 부부가 되어 자식을 낳고 그 자식이 다시 새로운 자손을 낳아가는 과정 속에 하나의 집단을 이루어 살아가게 되는 것은 혈연의 연대

적 형태라는 특별한 의미장을 근거로 조직되어 있는 것이다. 그렇기에 이 혈연을 어떻게 해독하고 그 가치체계를 만들어가야 하는가에 따라 삶의 형상이 달라지게 되는 것이다. 인간다운 삶에 대한 이해를 통해 가정을 만들어 간다는 생각을 가져야 그것이 사람이 사는 가정이 되는 것이다.

2장

그때 내 키가
한 뼘 자랐습니다

내 아이디어를
가로챈 선배

다른 이에게 도움되는 말을 건네는 일이 참으로 어렵게 되었다. 회사에서 동료지간에 서로 진심 어린 조언을 해도 곡해되어 사이가 나빠지고, 가족 간에도 부모가 자식에게 도움말을 건네면 부모의 의도와는 다르게 간섭이라고 반말하는 경우도 많다. 사회 안에서도 서로의 의견을 통합하기 보다는 나와 다른 의견이라는 이유만으로 서로를 비난하는 사태가 빈번하게 벌어지고 있다. 이렇게 자기 아닌 타자에게 조언이라는 선의적 행위가 제대로 전달되지 못하는 이유는 여러 가지 경우가 있겠지만 먼저 조언이 어떤 방법으로 전해지느냐에 따라 생겨나는 것이라고 할 수 있다.

초등학교에 다닐 때 주말 시내에 있는 백화점에 어머니와 함께 갔다. 백화점 안에서 옷을 펼쳐놓은 곳을 지나 그릇 파는 곳으로 갔다. 어머니는 예쁜 찻잔을 만지고 있었다. 나는 어머니 곁에 있다가 황금빛 나는 밥그릇이 눈에 띄어서 집어 들었다. 그런데 순간 밥그릇이 손에서 미끄러져 바닥에 떨어졌다. 쨍하는 소리가 나고 밥그릇이 산산조각이 났다. 나는 당황해서 어찌할 줄을 몰랐다. 어머니는 허리를 굽히고 엎드려 깨진 밥그릇 조각을 손으로 주워 모았다. 점원은 매장 안에서 튀어나와 성난 표정으로 나를 보며 "어떻게 하실 거예요?" 하고 어머니에게 쏘아붙였다. 어머니는 얼른 "변상해 드려야지요"라고 했다. 그날 집으로 오는 버스 안에서 어머니는 내 손을 잡고 "밥그릇이 너무 미끄럽지"했다. 그리고 "내가 백화점에 가면 아무 물건이나 만지지 말라는 말을 하는건데"라고 말했다. 아들의 실수를 나무라기보다는 어머니 자신이 백화점에 가서의 행동을 나에게 일러주지 않은 것을 자책하던 일이었다.

내가 어느 잡지사에 다닐 때였다. 매월 초 편집회의를 아침에 하곤 했다. 편집부만 모이는 것이 아니라 사장도 함께 자리에 앉게 되었다. 자연스럽게 서로 자신의 아이디어를 마련해와서 관철시키려고 했다. 우리 편집부는 회의있기 전날 저녁에 회사 앞의 있는 생맥주 집에 앉아서 서로의 아이디어를 이야기하고 회의에 들어가서 꺼내놓을 토픽들을 정리하곤 했다. 일종의 예비 회의였다. 그런데 이 예비 회의가 있기 며칠 전부터 내 옆에 앉아 있는 일 년 선배가 내가 퇴근시간이 되어 회사 문을 나서면 내 뒤에서 소매를 잡고 근처 찻집으로 데려가거나 아니면 생맥주집으로 끌고 갔다. 그리고 며칠 후 회의에 내놓을 편집기획안을 물었다. 나는 아무 생각 없이 내 아이디어를 얘기했고 그도 함께 아이디어를 이야기했다. 그도 아이디어의 완성도에 대하여 조언과 비판을 아끼지 않았다. 그런데 며칠 후 회의에 앉아 있어보니 엉뚱한 일이 벌어졌다. 회의에서 아이디어를 내 놓는 순서는 선배가 먼저이고 막내로 입사한 내가 그 다음이었다. 그런데 선배는 내가 며칠 전에 그에게 털어놓은 아이디어를 마치 자기 것 인양 말해버린 것이었다. 나는 할 말이 별로 없게 되었다. 나는 같은 부서이고 같은 책을 만드는 일이라서 비록 내 아이디어지만 그가 가져가도 별것 아니라는 생각으로 몇 달을 지냈다. 어느 날 회의에서였다. 사장이 나에게 이제 신입사원의 견습기도 지났는데 왜 조용하게 앉아만 있느냐고 말했다. 기획안을 만드는 일에 참여하지 않고 가만히 있는다는 뜻이었다. 나는 억울했다. 그 후

그런데 며칠 후
회의에 앉아 있어보니
엉뚱한 일이 벌어졌다

로도 몇 달이 지나갔다. 나는 차츰 분통이 터지기 시작했다. 할수 없이 어느 날 저녁 편집실에 부장이 혼자 앉아 있기에 내가 느낀 답답함을 그대로 이야기했다. 부장은 내 등을 두드리며 "내가 너의 아이디어를 다 알고 있으니까 걱정하지 마. 그 형이 아마 아이디어를 찾아 낼 여유가 없나 보지" 하고 내 어깨를 두드려 주었다. 연말 우리 부서는 근처 맥주집에서 회식을 했다. 모두 한 해가 지나가는 아쉬움에 술을 많이 마시고 있었다. 선배가 내 곁으로 오더니 나를 와락 껴안고 "너 아니었으면 올해 회사를 그만 두어야 할 뻔 했어 고마워" 하고 얼굴을 내 얼굴에 대고 비비는 것이었다. 나는 어쩔 줄 몰랐다. 회식이 끝나 집으로 가기 위해 종로 낡은 길거리에서 버스 정류장에 섰을 때 선배는 거의 울음이 섞인 목소리로 내 손을 잡고 몇 번이나 고맙다고 했다. 몇 달 후 그 선배가 어린 아들을 알 수 없는 병으로 잃었다는 말을 들었다. 난 지금도 그 부장의 조언을 고맙게 생각하고 그 여유 있는 마음가짐을 존경하고 있다.

고요한 호수 위에
물주름이 선다

가느다란 실바람에도
민감하게 반응한다
느끼지도 못할 바람에도
물은 고요로 주름을 만든다

너는 아무렇지도 않게
내 앞을 스쳐간다
실바람을 일으키며 지나갈 때마다
내 마음에 고요한 물주름이 생긴다

나도 모를 일이다
오로지 너만을 기다리는 호수처럼
내 마음이 그러하다
물주름이 생기고
그리움이 곱게 뜨는
마음의 호수

네가 지날때마다
그림자 일렁이고

물주름이 일어나고

가슴까지 울렁거리는

호수가 된다

김종, 〈마음의 호수〉

이 시에서 보듯이 고요한 호수는 바람에 주름이 생긴다. 이 주름은 곧 조용한 마음에 주름을 만들고 그리고 그 주름을 타고 그리움이 피어난다. 우리는 살아가면서 서로에게 도움이 되는 말을 해준다. 그러나 이 도움말은 순수해야 한다. 호수에 지나가는 바람은 조그마한 주름을 만들어줄 뿐이다. 그리고 이 호수를 보는 이에게 마음의 호수에 잔잔한 주름을 만들어 주고 있다. 이 주름의 연결고리가 선의적 관계를 만들고 있듯이 내가 빈 마음으로 남에게 조언을 할 때 그의 마음에 똑같은 선의의 주름이 전달되는 것이다. 그리고 이 선의는 항상 조심스러운 바람처럼 조그맣게 다가가야 하는 것이다. 강요나 억압 아니면 자신의 우월성을 드러내는 조언의 껍질은 제발 벗어 던져야 한다. 호수를 지나가는 바람이 무슨 악의가 있겠는가. 마음의 호수에서 얻어지는 진실함이 조언을 받는 이에게 감동을 줄 것이다.

가장 힘들었던 것이
무엇인가요?

어느 날 젊은 제자가 "교수님, 사회에 나와서 살아가시면서 가장 힘들었던 것이 무엇이었습니까?" 하고 물었다. 너무 포괄적이어서 바로 대답을 못하고 "사는 게 다 힘들었지" 하고 대답하자 "교수님은 책 읽는 것이 제일 힘들었을 것 같다" 하는 것이었다. 나는 그를 보내고 정말 교수라는 직업을 가지고 살면서 책 읽는 것이 제일 힘들었나 하고 생각해보았다. 며칠이 지나서야 겨우 답을 내렸다. 책 읽는 것은 힘든 것이 아니었다. 힘든 것은 나를 둘러싸고 있는 사람과의 관계였다. 책 읽기는 정직해서 내가 정성들여 읽으면 그 정성만큼 나에게 그 내용을 알게 하였고 내가

사람과의 관계는
나 자신만의 의지나 감정으로
맺어지지 않았다

게으르게 읽으면 책은 나에게 느리고 애매하게 그 의미를 깨우치게 해주었다. 모두 내 의지와 감정에 따라 달라졌다. 그렇지만 사람과의 관계는 나 자신만의 의지나 감정으로 맺어지지 않았다. 조그마한 부주의로 유리그릇이 깨어지듯이 산산조각이 날 때도 있었다.

지금은 까마득한 옛날이지만 학교에 교사로 다닐 때였다. 매일 아침 출근해보면 내 책상 꽃병에 예쁜 꽃들이 항상 꽂혀 있었다. 나는 누가 꽃을 꽂아 놓는지 알지 못했다. 그런데 얼마 지나자 어느 선생이 나에게 "어느 여학생을 특별히 예뻐한다?" 하고 묻는 것이었다. 나는 누구를 말하는 건지 알 수 없었다. 총각 때라 유별나게 어느 여학생을 예뻐하게 되는 것을 나 스스로 의식하며 조심하던 터라 속으로 기분이 상했다. 얼마 지나자 이번에는 내 옷차림에 대한 이야기가 나왔다. 그렇게 한 달을 넘게 나에 대한 쓸데없는 모함적인 소문이 몽글몽글 연기처럼 피어올랐다. 아침에 학교에 오기가 싫어지기 시작했다. 두 달을 넘도록 나는 마음이 상해서 어찌할 바를 몰랐다. 그러던 어느 날 저녁 가까운 선생과 퇴근길에 찻집에 들렀는데 그 선생이 내 책상에 놓인 꽃병 이야기를 했다. 그리고 이른 아침에 빈 교무실에 여학생 하나가 들어와 정성스레 꽃을 꽂는 것을 본 어느 여선생이 처음

퍼뜨린 소문임을 알게 되었다.

　너무나 작은 일이지만 시기심 하나 때문에 나는 그 많은 마음의 상처들로 힘들어 했던 것이다. 며칠 전 한 시인의 시를 보았다.

　　　나는 어릴 때부터 그랬다
　　　칠칠치 못한 나는 걸핏하면 넘어져
　　　무릎에 딱지를 달고 다녔다
　　　그 흉물같은 딱지가 보기 싫어
　　　손톱으로 득득 긁어 떼어내려고 하면
　　　아버지는 그때마다 말씀하셨다
　　　딱지를 떼어내지 말아라 그래야 낫는다
　　　아버지 말씀대로 그대로 놓아두면
　　　까만 고약 같은 딱지가 떨어지고
　　　떡정벌레 날개처럼 하얀 새살이
　　　돋아나 있었다
　　　지금도 칠칠치 못한 나는
　　　사람에 걸려 넘어지고 부딪히면서
　　　마음에 딱지를 달고 다닌다

어머니의 눈사람

그때마다 그 딱지에 아버지의 말씀이 얹혀진다
딱지를 떼지 말아라 딱지가 새살을 키운다

이준관, 〈딱지〉

누구에게나 가슴 속에 딱지가 쌓여있다. 그리고 이 딱지를 스스로 긁어가며 괴로워하고 있다. 큰 사건이 남긴 트라우마가 아니라 함께 생활하는 이들이 할퀸 조그마한 상처들 때문에 괴로워하는 것이다. 마음에 맞지 않는 누군가와 일하면 알 수 없는 비하의 말을 하고 무엇을 물어보면 다른 이에게 "기초가 되지 않아서" 하고 쏟아내는 비아냥은 누구에게는 견딜 수 없는 상처가 된다. 흔히 "그는 마음이 약해서" 하면서 직장에 어울리지 않는 사람처럼 매도하는 일도 보이는데 참으로 안타까운 일이다. 이런 상처를 입었을 때 후벼 파서 상처를 덧나게 해서는 안 된다. 어린 날 수없이 넘어지며 입었던 무릎의 상처들을 보면 흉터는 흔적도 없이 사라지고 없다. 딱지를 긁지 않는 것이 인내이다.

힘겨운 것을 힘겹다고 짜증내지 않는 것이 어리석게 보일지 몰라도 새살이 돋아나게 하는 신비한 치료법이다. 어린 아들 얼굴 한 번 보고 상처를 잊자.

파란 하늘에 뜬 뭉게구름

초등학교에 다닐 때 눈부신 해가 중천에 떠오르면 아이들은 점심시간이라 운동장에 나와 놀았다. 나는 몇 아이들이 서 있는 곳으로 갔다. 아이들은 고개를 숙이고 마치 묵념을 하듯이 서 있다가 한참 후 고개를 들고 하늘을 올려다보았다. 그리고는 하늘에 자기의 그림자가 떠 있다고 소리를 질렀다. 나도 운동장 한가운데 서서 고개를 숙이고 한참 있다가 고개를 들어 하늘을 보니 정말 사람 모습이 비쳐진 듯이 보였다. 이는 사실 땅을 보다가 갑자기 고개를 들 때 망막에 잔상이 남아서 그런 형상이 잠시 동안 보이는 것이다.

그런데 산다는 것은 어찌 보면 뭉게구름을 쳐다보며 그 잔상의 힘으로 사는 것이 아닌가 생각한다. 직장에 다니면서도 항상 가슴에는 뭉게구름이 둥둥 떠다닌다. 그러나 뭉게구름은 이루어지지 않고 언제나 파란 하늘에 떠다닐 뿐이다.

나는 구름 숭배자는 아니다
내 가계엔 구름 숭배자가 없다
하지만 할아버지가 구름 아래 방황하다 돌아가셨고
할머니는 구름들의 변화 속에 뭉개졌으며 어머니는
먹구름들을 이고 힘들게 걷는 동안 늙으셨다

흰 머리칼과 들국화 위에 내리던 서리
지난해보다 더 이마를 찌는 여름이 오고
뭉쳐졌다 흩어지는 업의 덩치와 무게를 알지 못한 채
나는 뭉게구름을 보며 걸어간다

보석으로 결정되지 않는 고통의 어느 변두리에서
올해도 이슬 머금은 꽃들이 피었다 진다

매미 울음이 뚝 그치면

다시 구름 높은 가을이 오리라

최승호, 〈뭉게구름〉

이 시는 세월이 가도 변하지 않고 항상 이마 위에 떠 있는 뭉게구름만 바라보며 살아간다는 시인의 긍정적인 세계를 보여주는 것이지만 나는 이 시를 읽을 때마다 내 가슴에 감추어진 뭉게구름이 어떻게 나를 변화시키고 있는가를 떠올린다.

대학에 다닐 때 어느 날 과소풍으로 서오릉에 갔다. 저녁이 되어 돌아오는 길이었다. 대학 시절이라 변변한 도시락도 제대로 먹지 못한 채 우동 한 그릇을 먹고 한낮을 보내고 해가 서쪽으로 떨어지고 난 다음에 버스를 타고 청량리로 돌아왔다. 우리는 헤어지기가 섭섭해서 어디 다방이라도 들어가고 싶었다. 그러나 남은 네 명은 다방 문 앞에서 멈칫거렸다. 찻값이 없었던 것이었다. 어느 친구가 시계를 맡기면 된다고 했지만 그럴 수가 없어서 외상이 통하는 동승동 학교 앞까지 걸어가자고 했다. 동대문 근처에 왔을 때였다. 나는 보도에 반짝거리고 있는 것을 보았다. 가서 주워보니 시계였다. 친구들은 환호성을 올렸다. 나는 시계를 들고 의기양양하게 근처 중국집에 가서 시계를 맡기고 짜장면과 탕수육을 시키고 소주를 한 잔 마셨다. 한참 이야기꽃을 피웠다. 한 친구가 자기는 글을 써서 유명한 어느 문호처럼 될 것이라고 했다. 한 친구는 기자가 되어 세상을 바꾸어 놓을 것이라고 했다. 한 친구는 시인이 되어 밴드를 조직하여 끌고 다니며 시낭송회를 하고 싶다고 했다. 나는 아무 말도 하지 않았으나 나 역시 무엇인지 알 수 없는 나대로의 허황한 꿈이 눈앞에 어른거렸다.

운 좋게 주운 시계를 저당 잡히고 배고픔을 달래며 중국집에 앉아 세계의 문호가 되고 나라를 바꾸는 기자가 되고 밴드를 이끄는 시인이 되겠다는 뜬 뭉게구름의 먼 이루어질 수 없는 꿈 이야기를 하면서 우리는 웃고 떠들었던 것이다. 이 순간은 언제나 내 가슴에 그대로 남아있다. 복권 한 장 사서 당선되리라는 뭉게구름을 바라보며 살아가는 이들도 있겠지만 이런 뭉게구름이야말로 현실에서 벗어나 유명하는 자신의 새로운 길을 모색하는 몸부림이다. 누구나 어떤 세월을 보내어도 가을이면 파란 하늘에 뭉게구름이 떠 있는 것을 보며 아직도 살아있어야 할 이유와 미래를 꿈꿀 수 있다는 것만으로도 얼마나 행복한 삶의 행로가 열려질 수 있는가.

비 오는 날, 우산 하나

나 아닌 다른 사람과 만날 때 나는 어떤 모습일까? 그 모습은 우리들이 살아가는데 있어 기본이 되는 자세가 아닐까?

어느 비 오는 날 오후였다. 집으로 가는 길에 전철에서 내리자 비가 억수로 쏟아지고 있었다. 나는 전철역 옆에 있는 무가지 신문 한 장을 머리에 쓰고 어두운 길을 달려가기 시작했다. 그런데 그때 누가 내 머리 위에 우산을 씌웠다. 깜짝 놀라서 옆을 보니 중학생 정도 되어 보이는 여학생이었다. 나는 고맙다는 인사를 하고 내 손으로 우산을 붙잡고 학생이 우산 아래에 잘 있게 한 뒤 걸어갔다. 우리 집 바로 앞 사거리쯤에 와 신호를 기다렸다.

나는 그때서야 여학생에게 집이 어디냐
고 물었다. 그러자 여학생은 웃으며 우
리가 걸어온 길을 뒤돌아보며 '저기로
가요'라고 하는 것이었다. 나는 당황했
다. 자신의 갈 길도 마다않고 아무 소
리도 없이 내가 우산을 쓰고 걸어가는 그

발걸음에 맞춰서 나를 따라온 것이 여간 미안하지 않았
다. 그래서 신호등이 파란불로 바뀌었을 때 그냥 우산을 그에게
씌워주고 뛰어가려 했다.

　그런데 학생도 우산을 들고 뛰어서 건너는 것이 아닌가? 결국
우리 아파트까지 와서 내가 문에 들어서는 것을 보고서야 우산
을 쓰고 돌아가는 것이었다. 나는 이 소녀를 잊지 못한다.

　그가 내게 우산을 씌워주고 내 집 앞까지 왔다고 돌아가는 것
을 고맙다는 말만으로 설명할 수 있을까? 우리가 살아가면서 남
과 나 사이를 어떻게 생각하느냐 하는 것이 바로 예절과 에티켓
을 갖게 하는 발상이 되는 근거다. 내가 대우를 받기 위해서는
남을 존중할 줄 알아야 나와 함께 존중하고 살아가는 관계를 만
들 수 있는 것 아닐까? 내가 대우를 받기 위해서는 남을 대우해
주는 것이 얼마나 중요한 것인가를 잘 알아야 할 것이다.

내가 아는 시가 하나 있다.

죽고 싶다 생각될 때
갈대밭에 가보라.

결코 홀로 서 있지 않을 것이니.
바람에 몸을 내맡기고는.
머리 꼿꼿이 세우지 않을 것이니.

하얀 손 내밀어 서로 쓰다듬고 보듬어.
쓰러지지 않을 것이니.

그리하여.
갈대는,
가을, 겨울에도 살아있는.
꽃이 되는 것이니.

생의 짐이 어깨를 짓누를 때.

갈대밭에 가보라.

세상에.
혼자 있는 것은 없는 법이니.

김인숙, 〈갈대밭〉

 시인은 갈대에게서 홀로 서 있지 않고 서로 의지하고 살아가는 것을 찾아냈다. 얼마나 아름답고 살만한 세상을 말해주고 있는 것인가? 우리는 흔히들 갈대라고 하면 그냥 바람부는 대로 흔들리는 모습을 머릿속으로 생각하지만 이 시인은 꼿꼿이 세우지 않고 겸손하게 서로 쓰다듬고 살아가는 갈대의 모습 속에서 삶의 아름다운 정경을 찾아본 것이다. 그리고 마지막으로 갈대에게서 찾은 것은 혼자가 아니라는 것이다. 그것은 함께 있는 것임을 알 수 있다. 직장은 함께 살아가는 동반자들이 서로 모여 사는 것 아니겠는가?
 서로를 존중하고 서로를 아끼는 정신이 예절의 기본이 된다. 그러기 위해서는 우리가 다른 이에게도 사람답고 아름다운 심성을 갖고 대해야 바로 우리가 사람답게 살아가고 있음을 알리는 길이 된다. 따라서 서로 쳐다보고 살고, 사람만이 가진 아름다운 삶의 양식을 나누며 살아가야 할 것을 잊지 말아야 한다. 이것이 예절과 에티켓이다.

초심을 기억하시나요

초심은 어느 길에 들어섰을 때 처음 마음에 품은 뜻이나 각오를 말한다. 대학에 처음 입학해 교문에 들어설 때 열심히 공부해서 교수가 되고 싶다고 한 마음의 각오 같은 것이다. 혹은 직장에 처음 출근하며 열심히 일해서 다른 사람들보다 높은 직위에 가고야 말 것이라는 각오 같은 것들이다. 그러나 이 초심은 세월이 가면서 낡은 기와처럼 이끼가 끼고 바람에 시달려 옛 것의 향취만 남기듯 마음 저편 깊은 곳에 숨겨지고 만다.

나 역시 처음 대학교수가 되었을 때와 정년이 되어 대학문을 나올 때 처음 생각했던 교수상이 바뀐 것이 한두 가지가 아니다.

혼자 힘든 일을
해야 하는 듯이 느껴지고
직장에 다니는 일이
나의 미래와
무슨 상관이 있을까 하는
회의가 떠올랐다

처음 대학교수가 됐을 때는 제자들의 말에 귀를 기울이는 교수가 되겠다고 했지만 얼마 가지 않아 너그러운 귀는 없어지고 아집에 가까울 만큼 내 소리에 빠져버리게 되었다.

초심은 의지적이며 다분히 세속적일 수 있다. 즉 초심은 성공을 위한 목적에 자리 잡고 있어서 나라는 인간의 총체적 변화의 지표와 거리가 있다. 높은 자리에 올라가면 자연스럽게 낮은 자리에 있을 때를 잊어버리듯 말이다. 초심은 성공의 울타리 안에 숨어 있는 인간다움의 요소와 연결되어 있어야 비로소 참 빛을 가질 수 있는 것이다.

얼마 전 읽은 시이다.

고향에 내려와
빨래를 널어보고서야 알았다.
어머니가 아직도 꽃무늬 팬티를 입는다는 사실을

눈 내리는 시장 리어카에서
어린 나를 옆에 세워두고
열심히 고르시던 가족의 팬티들

평퍼짐한 엉덩이처럼 풀린 하늘로
확성기 소리 짱짱하게 날아가던,
그 속에서
하늘하늘한 팬티 한 장 꺼내들고 어머니
볼에 따뜻한 순면을 문지르고 있다.

안감이 촉촉하게 붉어지도록
손끝으로 비벼보시던 꽃무늬가
어머니가 아직도 여자로 살게 하는 한
무늬였음을
오늘은 죄 많게 그 꽃무늬가
내 볼에 어린다

어머니 몸소 세월로 증명했듯
삶은, 팬티를 다시 입고
시작하는 순간순간
사람들이 아무리 만지작거려도
팬티들은 싱싱했던 것처럼
웬만해선 팬티 속 이 꽃들은

시들지 않았으리라

빨랫줄에 하나씩 열리는 팬티들로
뜬 눈송이 몇 점 다가와 곱게 물든다
쪼글쪼글한 꽃 속에서
맑은 꽃물이 똑똑 떨어진다

눈덩이만한 나프탈렌과 함께
서랍 속에서 수줍어하곤 했을
어머니의 오래된 팬티 한 장

푸르스름한 살냄새 속으로
햇볕이 포근히 엉겨 붙는다

김경주, 〈어머니는 아직도 꽃무늬 팬티를 입는다〉

　시인은 고향집에 갔을 때 빨래를 널다가 어머니가 꽃무늬 팬티를 입는다는 것을 알게 되었다. 그 나이에 아직도 꽃무늬 팬티를 입는다는 게 아마 충격이었던가 보다. 어머니를 여자로 살게 한 것이 꽃무늬였음을 알게 한 사연이다.

이 시에 담겨 있는 초심은 꽃무늬이다. 어머니가 꽃다운 아름다운 시절에 남고 싶어 했던 그 마음이 초심이다. 초심은 인간을 씨앗을 품고 있는 사람으로 만들어준다. 험한 세상을 헤쳐나갈 때 젊은 날의 초심은 그 삶의 고통을 녹여버린다. 초심은 아무리 먼 길이라고 해도 가야할 길이기에 내가 품었던 꿈의 길을 가는 데 힘을 주는 것이다.

내가 사회초년생일 때 어느 날 직장에서 돌아오는 길이었다. 버스 정류장에서 집으로 가는 버스를 기다리고 있었다. 보도 건너에 큰 음식점 유리창 안이 환히 보였다. 테이블에는 내 또래 젊은이들이 맥주잔을 들고 무엇인가 소리치며 즐거운 표정으로 앉아 있었다.

나는 집에 돌아가 원고를 정리해서 내일 아침에 들고 회사에 가야 했다. 갑자기 다리에 힘이 빠졌다. 나 혼자 힘든 일을 해야 하는 듯이 느껴지고 직장에 다니는 일이 나의 미래와 무슨 상관이 있을까 하는 회의가 떠올랐다. 나는 물끄러미 넋을 잃고 한참을 그들을 보았다. 그러다가 겨우 정신을 차려 집으로 돌아갔다. 집에 돌아가 책상에 앉으니 어젯밤에 보던 책이 펼쳐진 채로 그대로 있었다. 들여다보았다. 내가 월급을 타서 산 내 전공서였다.

지금은 전공과 떨어진 일을 하고 있지만 곧 내 전공을 살리는 자리로 돌아갈 수 있으리라는 생각이 들었다. 그리고 이 초심의 씨앗 덕분에 버스 정류장에서 본 것은 사라져 버렸다.

초심은 마음의 씨앗이다. 아무리 강추위가 몰아치고 땅에 얼음이 얼어도 봄에는 녹아 땅 속으로 스며든다. 이 땅 속에 씨앗을 품고 있어야 봄날에 싹이 돋아난다. 초심은 인간을 만드는 아름다운 씨앗이며 오만을 겸손으로 바꾸는 신기한 변화의 신호이다.

나를 믿는 손길

오늘의 시대에서 우리가 가장 많이 잃어버리고 사는 것은 신뢰라는 말이라고 할 수 있을 것이다. 부부간에 신뢰가 파탄이 나서 돌아서기도 하고 가족간에도 신뢰가 무너져 갈등이 생기는 일이 많아지고 있다. 이 신뢰는 가족간에만 한정된 것이 아니라 직장 안에서도 마찬가지다. 신뢰 관계는 조직의 탄탄한 결집에 기본이 된다. 그러면서 마치 신뢰가 아닌 처세의 한 방편으로 신뢰를 도구화하는 것을 볼 수 있다. 스스로 신뢰를 이기적으로 보여주는 현상이 무서운 것이다.

나 혼자 실없이 웃을 때가 있다. 이 실없이 웃게 되는 것은 옛날과 지금의 생활이 너무 다르기 때문이다. 내가 초등학교에 갈 때만 해도 연필 한 자루를 들고 갔다. 면도칼 부러진 한쪽으로 연필을 깎아 연필심을 세우면 심이 부실해서 저저로 부러지곤 했다 어쩌다 문방구에서 향이 피어나는 연필을 사들고 오는 아이가 있으면 온 교실이 들썩거렸다. 오늘의 아이들은 날렵하고 말랑말랑한 손잡이가 붙어있는 샤프 펜슬을 가지고 다닌다. 생활의 변화는 얼마나 달라졌는지 모른다. 이 변화의 격랑을 거치면서도 조금도 변하지 않은 것이 있다면 그것은 바로 신뢰라는 인간관계의 믿음이라고 할 수 있다. 옛날이나 지금이나 믿음이 없는 인간관계는 인간을 인간답게 할 수 없게 하고 서로를 갈등으로 몰아가는 원인이 되고 있다. 그러면서도 이 믿음이라는 것에 대한 인식이 생활의 바탕에 있어야 한다는 것을 잊을 때가 많다. 매일 버스를 이용하고 있으면서도 버스 운전기사를 믿지 못하면 탈 수 없다는 사실을 잊고 있다. 뿐만 아니다. 직장 동료와 어울려 생활하면서 믿음이 없는 동료와 함께 생활하는 것이 얼마나 위험한 생활인지 잊고 있다. 이러한 일들이 가능한 이유는 이미 믿음이라는 공고한 인가에 대한 기본적 인식이 자리 잡고 있기 때문이다. 하지만 이 신뢰는 그냥 주어지지 않는다는 것을 기억해야 한다.

먼 기억이지만 나에게는 누구에게도 털어놓지 않은 일이 있다. 전쟁기 인민군 치하에 아버지도 없이 어머니와 우리 삼형제는 무작정 피난을 떠났다. 이리저리 헤매다가 수원 근처 부곡에 있던 철도 관사를 지나다가 빈집에 들어가게 되었다. 텅 비어버린 동네 아무 집에나 들어가 보따리를 풀어놓고 텃밭에 심어놓은 채소들을 뜯어먹고 있었다. 나는 대나무를 들고 뒷동네 야산에 가서 덜 익어서, 여물지 못해 허연 밤송이를 따와서 어머니에게 풀어 놓았다. 그러던 어느 날 저녁 갑자기 서쪽 하늘에 노을이 핀 것처럼 오렌지색 불빛이 피어나고 쾅쾅하는 소리가 들렸다. 인천 상륙을 위해 유엔군이 함포 사격을 시작한 것이었다. 이삼일이 지나 나는 큰길가를 지나가는 사람에게서 상륙 작전이 시작되었음 알고 어머니에게 말했다. 그런데 그날 저녁 어머니는 열두 살인 내 손을 꼭 잡고 "어리지만 어머니는 너를 믿는다. 무섭고 힘들지만 서울 우리 집에 가 보아라. 국군이 상륙하여 아버지가 우리를 찾아올지도 모른다. 그리고 서울에 국군이 들어오면 다시 엄마한테로 와라"라고 했다. 나는 혼자 걸어서 서울로 간다는 것이 무섭기도 했다. 한 번도 가보지 않은 길을 어떻게 가나하는 걱정도 있었다. 어머니는 내 마음을 아는지 "너는 똑똑해서 엄마가 믿는다" 하면서 머리를 쓰다듬었다. 다음날 아침 빈

어머니는 내 마음을 아는지
"너는 똑똑해서 엄마가 믿는다" 하면서
머리를 쓰다듬었다

자루 하나만 들고 서울로 떠났다. 큰 길을 피해 야산 길로 과천 가까이 갔을 때였다. 인민군 병사들이 떼 지어 북쪽으로 걸어가고 있었고 논두렁에는 대포를 쏘고 있었다. 한강에서 나룻배를 간신히 얻어타고 서빙고 근처에 내렸다. 원효로 우리 집에 닿았을 때는 한밤중이었다. 가만히 현관문을 열고 들어가 보니 온 집 안이 신문지로 어지럽혀져 있었다. 나는 방 한구석 책장 곁에서 잤다. 날이 밝아 길거리에 나가보니 인민군들이 동네 사람들을 모아 시가전 준비를 하느라고 모래주머니를 길에 쌓고 있었다. 아직 국군이 서울에 입성하지 못하고 있었다. 그날 밤 나는 우리 가족 사진이 붙어 있는 앨범 두 권을 자루에 넣고 멜빵을 해서 등에 지고 다시 부곡을 향해 떠났다. 다음날 새벽 겨우 한강을 건넜다. 그러나 포성은 너무 가까이 들리고 초성은 인민군들이 무리지어 허둥거리고 있었다. 한강에 나룻배가 몇 척밖에 없었다. 나는 더 이상 갈 수 없어서 개천 축에서 낮을 보내고 어두워져서 어느 농가 보리짚단 쌓아놓은 그 꼭대기에 올라가 잤다가 새벽에 나왔다. 그런데 웬일인지 봇짐을 맨 사람들이 우왕좌왕하고 있었다. 안양 근처에 왔을 때 나는 집차를 탄 미군을 보았다. 부곡 관사에 가니 엄마가 문 앞에 앉아 있었다. 나를 붙잡고 한없이 울었다. 나는 미군이 안양까지 들어왔다고 큰소리로 떠

들었다. 그러나 엄마는 나를 껴안고 "어린 것을"이란 말을 반복하며 울기만 했다.

아들을 믿고 어린 것을 전선을 넘어 다니게 한 어머니는 평생 동안 마음에 상처를 안고 살았다. 어느 비오는 날 다 큰 아들이 학교에서 돌아오면 삶은 계란 하나 보물처럼 손수건에 싸놓았다가 손에 쥐어주며 엄마 말을 믿고 따라준 내 아들이라고 하던 그 한마디가 평생 가슴에 기쁨의 꽃이 된다.

신뢰는 인간관계를 인간답게 하는 기본적 자질이다. 엄마가 나를 믿어 준다는 것 하나로 생사를 모르며 전선을 오락가락 하던 어린 내가 새삼 자랑스럽다. 믿고 사는 세상, 그것은 내가 시작해야 할 정상적인 인간의 모습이다.

새 옷을 입고
첫 출근을 하듯이

　설날이 지나니 날씨가 벌써 봄으로 가까이 기울고 있다. 지난 설날이 왠지 고향을 찾아간 사람들로 서울거리는 한산했다. 차들이 빠져나간 서울거리는 마치 빈 옥수수 대롱처럼 어딘가 적막한 느낌이 들기도 했다. 이 적막한 느낌은 설날에 운치도 날려버리고 마치 공휴일처럼 일상의 나날처럼 보였다. 설날의 맛을 잃어가고 있는 듯하여 섭섭하기도 했다. 서로 떡도 나누어먹고 어느 집에 찾아가도 떡국 한 그릇쯤은 먹을 수 있었던 화애로운 분위기는 찾아볼 수 없었다. 찻집만이 그런대로 젊은이들이 앉아 있었다. 나는 설의 분위기를 보면서 갑자기 옛날 생각이 났다.

대학을 졸업할 무렵이었다. 2월에 졸업식을 앞두고 설날이 되어 고향에 갔다. 설날 할머니께 세배를 드리고 나서 집을 나섰다. 우리 고향마을 둘레에 살고 있는 친척들을 찾아 나선 것이다. 시오리 떨어진 아재집을 비롯하여 하루 종일 삼십리 안팎의 거리를 걸어서 친척집을 찾아다녔다. 얼어붙은 논둑길이 조금씩 녹은 것도 있었지만 논바닥에는 살얼음이 그대로 깔려 있었다. 친척집을 찾아가서 어른들께 세배를 드리고 나면 꼭 떡국 아니면 국수라도 상에 올려서 내 앞에 놓아주었다. 나는 너무 여러 곳을 다녀서 이 음식들을 먹을 수가 없었다. 겨우 젓가락만 들었다 놓곤 했다. 우리 친척들은 한결같이 새해 복 많이 받으라고 나에게 덕담을 해주었다. 해가 질 무렵 할머니 집으로 돌아오는 길은 너무나 멀고 멀었다. 다리도 걸을 수 없을 만큼 아팠다. 그런데도 나와 함께 친척집에 다녔던 아버지는 아무렇지도 않은 듯이 걸어가고 있었다. 나는 속으로 왜 이렇게 하루 종일 추운 길을 걸어 많은 친척들을 방문해야 하고 절을 올려야 하는지 불만이 많았다. 할머니 집 문 앞에 왔을 때였다. 아버지는 내 머리를 쓰다듬으며 "이제 너도 세상에 나갈 텐데 너와 같은 핏줄에 살고 있는 친척들과 덕담을 주고받으며 세배를 올리는 것이 얼마나 좋은 일인가를 알고 있겠지?" 했다. 그러나 나는 속으로 이 힘든 세배 순례를 벗어나는 것이 더 좋을 것 같다는 생각만 했다. 며칠이 지나 서울로 올라오기 전날 밤이었다. 인근에 살고 있는 친척들 여럿이 우리 집에 찾아왔다. 내가 서울로 올라간다는 소식을 듣고 찾아온 것이다. 그들은 손에 찹쌀 혹은 곶감 등 마을에서 농사지어 얻은 것들을 흰 보자기에 싸서 가지고 왔다. 서울 가는 나에게 주는 선물이었다. 나는 윗목에 수북이 놓인 친척들의 선물을 보면서 저것을 어떻게 서울로 들고 가나 하는 걱정만 했다. 그들이 찾아와 선물을 준 마음은 읽지 못했다.

서울로 오는 기차 안이었다. 아버지는 어린 날 이야기를 했다. 대구에서 중학교를 다닐 때였는데 방학이 되어 고향집에 가면 꼭 할머니가 친척집에 다녀오라고 해서 다녔다고 했다. 그리고 방학이 끝나 대구로 다시 떠나기 전날이면 친척들이 어린 것이 자취하며 공부하느라고 얼마나 힘드냐면서 쌀이나 여러 가지 곡물들이나 과일들을 가져다주었다고 했다. 아버지는 그 선물을 대구 자취방에 가져와 쌓아놓았다고 했다. 그러다가 돈이 떨어지면 이 보자기를 풀어 끼니를 이어갔다고 했다. 그러면서 서로가 인정으로 맺고 살아가는 것이 얼마나 소중한가를 말해주었다. 도시에 살았던 나는 이 고향이 가지고 있는 소중한 인정에 대하여 잘 몰랐던 것을 아버지를 통해서 알게 되었다.

돌이켜 보면 메마른 나뭇가지같이 살아가는 서울에서의 일상, 새로운 삶의 미래를 꿈꾸며 지낸다는 것이 항상 같은 테두리 안에 갇혀 사는 것이 아닌가 하는 생각이 든다. 아침에 일어나 옷을 갈아입고 출근하여 하루 종일 일에 시달리다가 지친 몸으로 집에 들어와 가족들의 얼굴도 제대로 보지 못하고 쓰러져 자고 다시 직장으로 향하는 굳어진 생활 속에서 인정이라든가 미래라든가 사람다움이라는 것을 찾아내기는 어려울 수 있다.

삼십대 중반이었으나 개나리가 눈을 뜨기 시작한 어느 날이었다. 봉천동 서울대 교문을 들어서는데 신입생 세 명이 내 앞에서 걸어가며 큰소리로 이야기하고 있었다. 대학생이 되어 새 옷을 입으니까 정말 달라진 것 같은 느낌이 든다는 이야기였다. 평범한 그들의 이야기를 듣던 나는 새 옷을 입는다는 말이 가슴에 꽂혔다. 주어진 환경 속에서 자기를 새롭게 바꾸는 일들이 멀리 있는 것이 아니라 가까이 있다는 것을 생각하게 된 것이다. 그리고 나는 '첫'이라는 접두어가 생각이 났다. 사랑이라는 말 앞에 '첫'자를 붙이면 신비한 사랑의 문을 두드리는 노크소리가 나듯이 '첫'자를 붙이면 새로운 길이 열린다는 사실이 가슴에 닿았다. 하루의 첫 시간, 그 시간의 의미들이 나를 새로운 사람으로 만드는 길이 되고 이 길을 따라가면 어제와 다른 오늘이 펼쳐진다는 것을 생각하게 된 것이다. 변해가는 자기 모습이 옛날과 달라지고 있다는 것에 대한 반성과 그리고 그 달라진 모습에 대한 바람직한 방향을 설정하는 일들이 중요함을 깨닫게 되는 것이다.

이제 봄은 오고 있고 새로운 길로 가야할 것이다. 새로운 길은 오늘과 다른 내일에 대한 기대일 뿐만 아니라 일상의 젖어진 짜증스러운 늪에서 헤어나올 수 있는 방법이 되는 것이다. 올해는 첫 자를 붙여 바른 느낌으로 나를 만들어 가는 시간이 되기를 바란다.

눈앞의 서로를
존중하는 일

인간관이라는 것은 인간이라는 것을 어떻게 인식하는지에 대한 체계적인 논리를 말한다. 그런데 실제로 우리는 서로를 인간으로 인식하는 것이 어떤 의미가 있는 것인지를 잊고 살 때가 많다. 상사와 부하 또는 아버지와 자식 등 인간관계의 틀 안에 갇혀 인간이라는 생각을 잊고 관계만을 가지고 생각하는 경우가 많다. 그러나 이 인식의 폭은 그렇게 되면 안 된다. 더 넓어져야 하지 않겠는가? 인간으로서의 기본적인 존재 이유를 서로가 인정하고 서로 존중하는데서부터 세상은 사람이 살아가는 곳으로 만들어지게 되는 것이다.

내가 젊은 시절에 어머니와 함께 살 때였다. 서울대 교수를 하던 나의 집에 제자들이 논문을 써서 가져올 때가 더러 있었다. 논문을 읽어 보면서 나는 잘못된 부분을 아주 야멸차게 지적하면서 눈물이 뚝뚝 떨어지도록 야단을 치고 집에 돌려보낼 때가 있었다. 가끔은 이것도 논문이냐, 하고 가슴에 못이 박히는 이야기도 더러 했다.

그렇게 제자가 돌아가고 나면 꼭 어머니가 내 곁에 조용히 다가와 "왜 말을 그렇게 독하게 하냐. 너와 똑같은 생각을 할 수 있다고 하면 그가 교수가 되지, 너 밑에서 배우겠느냐" 하고 나를 나무랐다. 나는 어머니의 나무람이 마음에 들지 않았다.

그러나 세월이 갈수록 점점 내가 교수이기 때문에 제자가 나한테 와서 자기의 부족한 논문을 내밀 수 있는 것이고, 그것은 너무나 당연한 일이라 여겨졌다. 제자가 틀린 글을 써서 내 앞에 보여줄 때 틀렸다고 지적을 해주는 것, 서로 보완해 가는 것이 교수와 제자의 관계다. 그리고 이렇게 생각하는 것이 평등한 수평적 관계로 인간을 바라보는 보편성을 실현하는 것이다.

나는 우월한 내 위치에서만 제자를 바라본 과오를 범한 적이 많다. 우리가 상사의 이야기를 무조건 순종하는 것만이 능사가 아니듯이 상사라는 높은 분의 의견만이 올바르다고 생각하는 것은 어찌 보면 강압된 긍정이다.

서로가 서로를 사람으로 인정하고 서로의 인격을 존중하며 살아가는 일이 얼마나 중요한 것인지를 생각해볼 필요가 있다.

김춘수 시인의 시 한 편이 있다.

내가 그의 이름을 불러주기 전에는

그는 다만

하나의 몸짓에 지나지 않았다.

내가 그의 이름을 불러 주었을 때

그는 나에게로 와서

꽃이 되었다.

내가 그의 이름을 불러준 것처럼

나의 이 빛깔과 향기에 알맞은

누가 나의 이름을 불러다오.

그에게로 가서 나도 그의 꽃이 되고 싶다.

서로가 서로를
사람으로 인정하고
서로의 인격을 존중하며
살아가는 일

우리들은 모두

무엇이 되고 싶다

나는 너에게 너는 나에게

잊혀지지 않는 하나의 의미가 되고 싶다.

김춘수, 〈꽃〉

이 시는 인간의 인식이 사물과 부딪혀서 일어나는 문제를 말하고 있다. 아무것도 아닌 무의미한 꽃이 사람의 머릿속에 들어왔을 때 다시 의미를 부여해줌으로써 생명 있는 꽃이 된다. 이 현상을 가져다가 사람과 사람 사이의 관계에 놓아보면 서로가 살아가는 의미를 통해서 알려주고 살아있고 싶어 하는 사람으로 만들어지는 과정도 담고 있는 것이다.

인간이라는 것은 항상 나와 다른 사람과의 관계 위에서 만들어지고 그것이 서로 의미 있는 수평적 관계를 유지해야 한다. 그리고 그 위에서 서로 협력하여 하나의 참다운 인간으로서의 가치를 공유하는 생활이 만들어져야 한다. 내가 그를 생명을 가진 꽃으로 보아주면 그 꽃은 사물에 그치는 것이 아니라 살아있는 생명의 의미로 내 가슴에 다가오는 것이고 그래서 서로가 서로

에게 잊혀지지 않는 의미 있는 꽃으로 되려고 하는 것이 아니겠
는가?

이 시가 사물과 인간의 인식적 거리를 말하고 있듯이, 인간에
관한 인식 또한 눈앞의 서로를 하나의 생명적 의미로 불러줄 때
비로소 참다운 인간관계의 성립이 이루어질 수 있는 것이다.

화이트 크리스마스와
흑염소

　우리가 살아가면서 가슴속과 머릿속에서 일어나는 모든 욕망을 그대로 다 표현하고 살 수는 없다. 또 그것이 성취되어 지지도 않는다. 그렇기 때문에 이 욕망을 어떻게 절제해서 훌륭한 인간다움을 만들어 갈지가 참으로 중요하다.

　나는 아침저녁으로 전철을 타고 다니는데 다니다보면 새삼스럽게 떠오르는 말이 하나 있다. 우리가 옛날에 쓰던 말 중에 하나로, 공중도덕 혹은 도덕이다. 남이 듣는 데서 큰소리로 전화를 한다든가 어깨로 사람을 밀쳐서 넘어질뻔한 적이 한두 번이 아니니까 말이다. 멀쩡하게 생긴 중년 남성이 예쁜 여성의 곁에 가서 몸을 비비고 있는 광경도 보게 된다.

이런 일이 생겨나는 것은 나와 다른 사람과의 관계를 어떻게 설정하고 살아가느냐 하는 인간관계의 기본적인 설정 문제가 잘 못되어 있어서다. 내가 좋으면 그만이고 내가 하고 싶으면 하고 내가 잘 사는 방법이라면 어떤 불의도 다 정의로 생각하는 그런 류의 유아독존적인 삶의 방식을 가지고 있기 때문에 그런 상황들이 만들어지는 것이 아닌가.

세상은 혼자 사는 것이 아니다. 우리는 사회적 동물이라서 신발 하나, 양복, 안경, 모자 하나라도 전부 다른 사람이 만들어준 것이지 않은가. 그들이 있어야 우리가 살아갈 수 있다.

인간이 삶을 영위하기 위해서는 꼭 삶에 필요한 것을 만들어내는 사람들이 존재해야 한다. 이것을 다들 인정하고 서로 존중해줘야 도덕이라는 것이 만들어질 수 있다.

내가 젊은 교수였던 시절이었다. 연구실에 학생들이 성적 문제로 찾아왔는데, 나는 성적 이야기만 나오면 얼굴색이 달라져서 꼿꼿하게 학생들을 대하곤 했다.

어느 날 졸업반 학생 하나가 찾아와서 지난 시험을 놓쳤다고 재시험을 치게 해달라고 했다. 어머니가 편찮으신데 아들은 자신 한 명이어서 병원에 계속 있다 보니 시험 볼 기회를 놓쳤다고

했다. 그러나 나는 그 말이 믿어지지 않았다. 단연코 안 된다고
했다.

바로 그날 저녁이었다. 퇴근하고 나서 친구의 문병으로 우리
동네에 있는 종합병원에 가게 되었다. 병원 문 앞에서 병실을 찾
고자 두리번거리고 있었는데, 낮에 찾아왔던 그 학생이 거기에
있는 것이었다. 학생은 아주 반가운 듯이 "교수님, 웬일이세요!"
하고 인사했다. 당황한 나는 친구 문병을 왔다고 하며 "너는 왜
왔느냐" 하고 물었다. 그랬더니 어머니가 바로 그 병원에 입원하
고 있어서 간호하고 있다는 것이었다.

나는 그 학생의 어머니 병문안 이야기를 믿지 않아서 거부했
는데, 그 학생은 재시험을 거부한 나를 보고 웃으며 인사를 한
것이다.

가슴이 정말로 찡해지는 순간이었다.

눈 내리는 미도파 앞길을
흑염소 두 마리가 목끈에 매인 채
휘청휘청 끌려가고 있다.
아침에 떼 지어 나선 형제들 중

그중 못난 놈 둘 여직 남아
빙판길을 아슬아슬 끌려가고 있다.

성탄 이브에 눈이 내려
모든 이에게 따뜻한 덧옷을 얻게 하고
세계의 엉클어진 통증도
지금은 다 거둬들여져
사람들은 메시아를 부르며
그의 가장 가까운 곳으로 나아가고 있는 때에
죽어주지도 못하는 생명을
누가 바라보나요.

저문 날 흑염소 두 마리가 가고 있다.
헌데 저것 좀 보셔요
진종일 거릴 헤맨 저 어깻죽지 위로
눈이 뚝뚝 부러지며 떨어지는 건 웬일일까요.
무심한 듯한 저 눈 언저리로
눈이 딱딱 끊어져 내리는 걸 좀 보셔요

신중신, 〈저것보셔요〉

나와 다른 처지에서
살아가고 있는 이들을
살펴보는 힘

신중신 시인의 〈저것보셔요〉라는 시이다. 이 시는 옛날 1970
년대 중반의 명동 풍경을 그려내고 있다. 크리스마스이브에 눈
이 항상 많이 내리지는 않는데, 그해에는 눈이 펑펑 쏟아져서 서
울 시내에 있는 많은 젊은이들이 화이트 크리스마스를 즐기며
명동으로 몰려들었다.

특히 이날만은 통행금지가 해제되어 그 해방감이 말할 수가
없었을 것이다. 특별하게 갈 데도 없었지만 우리 젊은이들은 쌍
쌍이 짝을 지어 화려한 옷차림으로 명동 거리를 누볐다.

그런데 이 화려한 풍경 속에 어울리지 않는 한 무리가 있었다.
흑염소 몇 마리와 농부들이었다. 이들은 무명 바지저고리에 때
묻은 두루마기를 걸쳐 입고 털모자를 쓴 채 흑염소를 데리고 거
리를 돌아다니고 있었다. 서울 변두리에 사는 농부들이 조금이
라도 살림에 보탬이 될까 해서 크리스마스를 맞이해 사람들이
몰리는 명동으로 산야에서 키우던 흑염소 몇 마리를 끈에 묶어
몰고 와 팔려고 한 것이다.

시인은 이런 이질적인 두 광경을 보고 시로 만들어냈다. 이 시
에서 우리가 살펴볼 점은 모든 이들이 눈이 펑펑 내리는 명동 길
을 걸으며 눈이 주는 평등과 축복의 즐거움 속에 빠져서 거리를
누비고 있다는 것이다. 그런데 이 평등과 축복의 그 즐거움 속에

서 염소들은 또 다른 이질적인 면을 갖고 있다. 끌려나온 염소들 중 튼튼한 형제들은 일찍 팔리고, 못난 놈들은 팔리지 않아 저녁 해질 무렵까지도 비틀거리며 명동을 헤매고 있는 이 광경이 이질적인 것이다.

팔리지 않은 흑염소의 눈에 떨어지는 눈송이는 마치 눈물처럼 보이고, 그 어깻죽지 위에 떨어지는 눈은 다른 사람에게는 축복이지만 이 염소에게는 흐르는 눈물이 얼어붙은, 뚝뚝 소리가 나는 눈물이 되고 있다.

'죽어주지도 못하는 생명을 누가 바라보나요?' 시인의 자조적인 물음에서, 우리가 같은 하늘 아래에 함께 살고 있어도 나와 다른 처지에서 살아가고 있는 이들을 살펴보는 힘이 되고, 그것에서부터 사람의 도덕이라는 것이 생겨나는 것이다.

남을 배려하는 마음. 그것이야말로 도덕의 기본이며, 서로 남과 비교하는 것이 아니라 베풀 수 있도록 만들어가는 것이야말로 도덕의 목적이 되어야 하는 것이 아니겠는가.

3장

때는 늦었고
이제야 깨닫습니다

저 꽃 같은 놈

내게는 진짜 친한 친구 셋이 있었다.

학교에 다닐 적 네 명이서 매일 가족처럼 같이 밥 먹고 공부하고 잘 때도 공부하다가 같이 잠들곤 했다. 대학교를 졸업하고 우리들은 뿔뿔이 흩어졌다. 한 친구가 고향에 있는 대학원으로 가자 서울에는 우리 셋만 남았다. 얼마 전까지만 해도 넷이서 자동차 바퀴처럼 어울려 다니다가 바퀴 하나가 빠져나간 듯 했다.

우리들은 누가 말하지 않아도 저녁 어스름이 내리면 소공동 찻집에서 만났다. 굳이 만나기로 약속을 하지 않아도 얼굴을 내밀곤 했다. 셋이 만나면 직장 일이나 공부하고 있는 과제에 대한 문제들을 서로 이야기하곤 했다. 또 장래 문제도 서로 흉금을 털어놓고 의논했다.

우리는 모두 가난했다. 겨우겨우 찻값이나 마련하고 어쩌다 배가 고프면 명동 입구에 있던 호떡집을 찾곤 했다. 우리의 공통점은 아무도 여자친구가 없다는 점이었다. 우리는 다들 소극적인 성격이었고 또 여자친구를 만날 수 있는 기회 역시 별로 없었다.

그러던 어느 날 저녁 찻집에 모였을 때였다. 교사를 하던 친구가 폭탄선언을 했다. 여자친구가 생겼다는 것이었다. 나와 또 다른 한 친구는 그 친구의 입을 한참이나 넋을 잃고 쳐다보았다.

대학 사 년을 형제보다 더 가까이 지내면서 주머니에 먼지까지도 속속들이 다 아는데 졸업하고 이 년도 되지 않았는데 어떻게 여자친구가 생길 수 있었는지 도무지 알 수가 없었다.

그 후 우리는 선생을 하는 친구에게 여자친구를 보여달라고 조르기도 하고 어떤 사람인지 밝히라고 협박도 했다. 그는 좀 더 친해지면 소개하겠다고 엄청 거만한 얼굴로 말하곤 했다. 우리는 선생 친구를 "치사하다"거나 "의리가 없다"거나 옹졸하다거나 별별 말로 윽박지르고 괴롭혔다. 학교에서 공부만 하고 지냈던, 뭐든지 다 같이 해야 한다고 생각했던 우리는 친구가 배신한 것

우리는 친구가 배신한 것 같은 마음에
그렇게 철부지 어린 말을 쏟아내었다

같은 마음에 그렇게 철부지 어린 말을 쏟아내었다.

어느 날 저녁 그가 드디어 여자친구를 보여주겠다고 했다. 그런데 그는 여자친구를 소개하는 조건을 내걸었다. 여자친구에게 줄 꽃다발을 들고 와야 한다는 것이었다. 우리가 미친 짓이라고 소리를 질렀지만 그렇게 하지 않으면 소개하지 않겠다고 해서 할 수 없이 알겠다고 했다.

선생 친구가 여자친구와 함께 찻집에 들어서서 우리 앞에 나란히 앉았다. 그가 호기 있게 여자친구를 소개했고 우리 둘은 마치 죄지은 사람처럼 어색하게 인사를 하고 둘이서 꽃다발을 내밀었다.

여자친구는 황홀한 듯이 고맙다고 했고 얼마간 앉아 있다가 다 같이 호떡집에 가서 호떡을 먹고 우리 둘은 떨어져 나왔다. 무작정 걷기 시작한 우리는 명동에서 한강변 우리 집까지 걸어왔다. 우리 둘은 서로가 너무나 초라하게 느껴졌다.

그 후 얼마 되지 않아 나는 춘천에 있는 대학으로 가게 되었고 또 한 친구는 몸이 나빠져 고향으로 가버렸다.

선생 친구만 서울에 남아 있었다. 일 년 후 서울에 올라와 그를 만났다. 여자친구의 안부를 묻자 그는 침통한 표정으로 헤어졌다고 했다. 여자친구가 학교선생은 싫다고 해서 할 수 없이 이

별했다고 했다. 나는 그의 어깨를 쳐주며 "선생이 어때서 그래, 직업이 사랑보다 더 큰가 보다" 하면서 그를 위로했다. 그는 불쌍하게 울기만 했다.

친구가 눈물을 흘릴 때, 나도 친구도 울음이 터져나오는 것을 참고 있었다. 대학이라는 뜰 안에서 공부에 매달려 어떤 세속적인 야망도 없이 공부만 하면 되겠지 하는 집념으로 살아온 우리에게는 선생 친구의 실연이 청춘의 날개를 무참히 찢어놓는 것이었다. 지금은 저 세상에 가버린 어설픈 친구를 위해 시 한 편이 손에 잡힌다.

벗이여

이제 나를 욕하더라도

올 봄에는

저 새 같은 놈

저 나무 같은 놈이라고 욕을 해다오

봄비가 내리고

먼 산에 진달래가 만발하면

벗이여

이제 나를 욕하더라도

저 꽃 같은 놈

저 봄비 같은 놈이라고 욕을 해다오

나는 때때로 잎보다 먼저 피어나는

꽃 같은 놈이 되고 싶다

정호승, 〈벗에게 부탁함〉

생각해보니 등록금이 부족할 때 선생 친구가 누나 집에서 쌀을 책가방에 넣어 동네 싸전에서 팔아 보태준 일도 있었다. 그런데도 그 고마움도 잊고 있었다. 요즘은 선한 놈이 당하는 세상이다. 마음은 착한 놈이었다.

그런 빙신 같은 놈이 배신을 한다고 하더라도 용서해줘야 하는데 죽고 나니까 다 소용이 없다. 우리는 사는 동안 어설픈 친구를 만날 때가 있다. 그에게 욕을 해도 꽃 같은 놈이라고 축복의 욕이 되게 할 걸 그랬다. 우리는 친구를 잎으로 보기보다 하나의 꽃으로 봐주어야 한다. 우리는 서로에게 잎보다 먼저 피어나는 한 송이 꽃이다. 잎보다 먼저 피어나는 꽃이 되고 싶은 친구의 선량한 꿈을 이해해주어야 할 것이다.

봄볕에 까맣게 탄
어머니 얼굴

벌써 봄은 온 동네를 따스한 온기로 감싸고 있다. 세월이 물처럼 흘러갔다고 하지만 어느 따뜻한 양지바른 언덕에 앉아 있으면 가버린 세월은 보이지도 않고 어제 만났던 봄처럼 느껴지곤 한다. 경주 목월 시인 생가를 다녀와서 몇 달이 흘렀지만 아직도 생가는 내 눈 앞에 생생하다. 시간을 건너 뛰어 내 눈앞에 지금처럼 눈에 떠오르는 것은 신이 준 축복이라 하지 않을 수 없다. 어젯밤 자정이 지나 집 문 앞에 서서 문 열리기를 기다리는데 눈앞에 어머니 얼굴이 떠올랐다. 조그마한 키에 흰 수건을 머리에 쓰고 밭에 앉아 있는 모습이었다. 마치 내가 소리라도 지르면 일어서서 나에게 다가올 것 같은 모습이었다. 그리고 나서 문을 열고 내 방에 들어가 앉아있으니까 옛날 생각이 났다. 내가 전쟁이 나서 경주에 있는 우리 고향집에 머무를 때였다. 초등학교 육학년에 다니고 있었다. 그해 봄날 중학교 입학시험을 앞둔 어느 날이었다. 봄날이어서 들판에는 아지랑이가 하늘로 올라가고 있었다. 나는 공부를 하다가 들판으로 나갔다. 논둑길을 걸어 한참 가면 우리 집 조그마한 텃밭이 나왔다. 어머니는 거기서 흰 수건을 쓰고 밭을 고르고 있었다. 얼마 전에 심어놓은 씨앗들이 겨우 얼굴을 내밀고 있었다. 어머니는 호미로 밭고랑을 토닥거리며 흙을 부드럽게 메고 있었다. 엄마하고 부르자 어머니는 흰 수건을 벗어들고 맑은 얼굴로 일어서며 나를 보았다. 나는 깜짝 놀랐다. 어머니의 얼굴이 봄볕에 타서 까맣게 변해 있었다. 집안에 있을 때는 어머니의 얼굴이 검은 지를 몰랐다. 그런데 갑자기 밭 한가운데 일어선 어머니는 까만 얼굴이었다. 피난 전에 보았던 어머니의 얼굴은 흰색이었는데 까만 얼굴로 변해 있었다. 나는 어머니에게로 가서 "엄마, 얼굴이 까맣게 되었어" 하고 말했다. 그러자 어머니는 웃으며 봄날이어서 그렇지 하고 대답했다. 아무렇지도 않게 변해버린 얼굴에 대한 이야기를 어머니는 흘려보냈다. 나는 이 일을 까마득하게 잊고 살았다. 그러다가 서울로 다시 돌아와 대학에 다닐 때 나는 가끔 어머니의 얼굴을 살펴보곤 했다. 그러다가 어떤 날 얼굴이 까만색으로 변해 있으면 나는 어머니에게 "속상한 일이 있어요?" 하고 물었다. 어머니는 웃으며 "왜, 또 얼굴이 까매졌다고 하고 싶지" 하면서 아무 일도 없다고 말했다.

그러나 나는 하얗던 어머니의 얼굴이 까맣게 변한 날이면 꼭 어머니 마음속에 근심이 자리 잡고 있다는 것을 눈치채게 되었다. 우리 형제들이 학교에 가져갈 납부금을 어머니가 마련하지 못했거나 집에 살림이 어렵게 되었을 때마다 어머니의 얼굴이 까맣게 변하는 것이었다. 그러다가 아버지가 시집을 발간한다던가 내가 학교에서 상장을 받아온다던가 동생이 무엇을 잘하여서 집안에 웃음꽃이 피어날 때면 어머니의 얼굴은 하얀색으로 돌아오는 것이었다. 화장품을 발라서 하얗게 되는 것이 아니라 마음이 편하고 즐거워서 하얗게 변하는 것이었다. 어머니 얼굴의 변화는 우리 집안의 기쁨과 슬픔을 드러내 보여주는 시험지 같았다.

어느 해 봄이 시내에 가득할 때였다. 나는 대학 강의를 마치고 어머니가 살고 계시던 원효로 집으로 향했다. 어머니 집으로 가는 골목길로 접어들어설 때 집 담장에 개나리가 노랗게 고개를 내밀고 있었다. 문을 두드리자 어머니가 나오셨다. 그런데 얼굴이 까맣게 되어 있었다. 어머니에게 무슨 힘든 일 있으셨냐고 물었다. 어머니는 마당에 있는 장미들을 손보느라 햇빛에 타서 까맣게 되었다고 했다. 그러나 나는 햇빛에 탄 것만이 아니라 속이 탄 것임을 눈치챘다. 어머니는 아버지 생각을 하고 계셨다. 돌아가신지 십 년이 넘었지만 어머니는 봄날이 와 장미를 손질을 할 때 마다 마음이 타들어 가는 것이었다. 아버님이 살아계실 때 봄이면 마당에 나오셔서 줄장미를 손보시거나 마당에 외롭게 떨어져 자라고 있는 장미를 손보시곤 했다. 어머니는 그 생각을 한 것이었다. 장미는 옛날처럼 피고지고 하지만 그 장미 곁에 앉아서 새까맣게 얼굴이 타가면서 호미로 딱딱한 흙을 파내던 아버님의 모습은 어머니에게 지워지지 않는 그림이 되어 있었다.

나 역시 가슴에 지워지지 않는 사진들은 수없이 남아있다. 동생과 놀던 일들도 기억으로 남아있다. 중학교에 다니던 막내 동생은 큰형을 어렵게 생각하고 언제나 조금씩 물러나 있었다. 나는 그런 동생을 가까이 하고 싶어서 수건으로 주먹을 감아쥐고 권투를 하자고 했다. 동생도 수건으로 주먹을 감고 나에게 펀치를 날렸다. 나도 슬슬 나아가며 때로는 아픈 배를 콕 때리곤 했다. 그러다가 보면 조금은 격렬해져서 나도 모르게 주먹에 힘이 들어가 그를 마루에 주저 앉게 했다. 동생은 지지 않으려고 아픔을 참고 바둥거리며 일어서 덤벼들었지만 나는 그를 또 아프게 콕 쥐어박았다. 아무것도 아닌 수건으로 주먹을 감은 권투였지만 동생에게는 아픈 추억으로 남아있으리라 생각된다. 이 애잔한 우리 형제의 놀이도 그대로 기억에 남아있다. 동생에게는 형이 때리던 기억일 것이고 나는 동생에게 좀 더 친해지고자 했던 싱거운 장난이었던 것이다. 기억의 색깔은 달라졌지만 그래도 어울렸던 아름다운 형제는 그대로다.

어머니가 얼굴이 하얗다가 검어지고 다시 검어졌다 하얘지는 삶의 험한 길을 걸어가셨던 모습은 바로 우리가 살아온 길이었다. 삶의 길은 항상 평탄해 보이지만 그 깊이에는 알 수 없는 의미의 층들이 남아있는 것이다. 이제 봄날은 왔다. 새로운 기억의 생성을 기대하며 살아간다. 나에게 어머니를 멀리서 혹은 가까이에서 바라보면서도 기억의 색깔은 달리할 수밖에 없었던 막혀진 나의 마음을 다시 풀어서 삶의 모든 것을 알아보는 눈으로 살아오지 못한 것이 후회된다. 새 봄은 후회가 없도록 해야 할 것이다.

모두의 가슴속에는
보석이 있다

    인간에 대한 존엄과 사랑이 없으면 살아갈 수 없다. 마음에 인간에 대한 이해를 충분히 가지고 자기 스스로 자아 속에 면밀한 관찰을 통해서 사람다움이 어떤 것인가를 생각해보아야 한다. 그리고 이 사람다움을 체계화해서 사람다움의 소양을 길러내야 한다.

    어린 날 가을이면 추석을 맞아 고향에 갔다. 할머니와 삼촌이 고향에 살고 있었다. 우리 할머니 집에는 큰 석류나무 한 그루가 우물가에 서 있었다. 내가 추석이 되어 찾아가면 석류나무에 석류가 주렁주렁 달려있었다. 얼룩진 껍질이 갈라져 속에 든 석류알들이 보석처럼 빨갛게 빛날 때가 오는데, 그때쯤이면 할머니는 석류를 따서 껍질 속에 든 석류를 내 손바닥에 몇 알씩 던져주며 먹어보라고 했다. 할머니 집 석류알은 시지 않고 달기만 했다. 그러면 할머니는 "이놈아, 껍질은 얼룩덜룩하게 밉게 생겼어도 그 속에 수많은 알맹이들이 잘 익어 이렇게 달지 않니" 하는 이야기를 했다. 나는 그런 뜻도 전혀 알지 못했다. 그냥 단 석류거니 했다.

또 추석 전날이 되면 우리 집은 어머니와 할머니, 고모와 친척 아주머니들이 모여 전 음식을 장만하느라 부산했다. 나는 전 부치는 것을 보면서 먹고 싶어 그 근처를 둘러 다녔지만 할머니는 손도 못 대게 했다. 차례상에 올리기 전에는 손을 댈 수 없다고 했다. 조상에게 먼저 음식을 올려야 된다는 것이었다. 그렇지만 가끔 고모가 몰래 전을 몇 점 집어서 치마 밑에 넣어서 가져다주었다.

그런데 할머니는 추석 전날 밤 꼭 나에게 심부름을 시켰다. 큰 쟁반에 음식을 가득 담아서 보자기로 싸서 우리 동네 기찻길 옆에 움막집에 사는 가난한 아주머니에게 가져다주고 오라는 것이었다.

서울에서 내려온 손자는 음식에 손도 못 대게 하면서 움막집

그 속에
수많은 알맹이들이 잘 익어
이렇게 달지 않니

못 사는 아주머니에게 음식 가져다주라는 것이 마음에 들지 않았다. 투덜거리며 가져다주었다. 그리고 중학교에 가면서 이 일을 내 동생에게 떠맡겼다.

이제는 세월이 지나서 할머니도 움막집도 없지만 고향에 내려가 할아버지, 삼촌의 산소를 찾아 성묘를 할 때면 어디서 내가 왔다는 소문을 들었는지 산소 앞에 여러 사람이 모여들었다.

나는 처음에는 동네 사람들이 올라온 줄 알았다. 그런데 내가 절을 하고 나면 그들이 내 옆으로 다가서서 "아이고 형님 오셨습니까", "아제 오셨습니까?" 하며 인사를 하는 것이었다. 알고 보니까 그들은 움막집 아주머니의 자손들이었다. 그리고 다들 나를 한 핏줄로 받아들이고 있었다.

산다는 것은 겉모양만 보는 것이 아니라 사람과 사람 사이의 인격적 교류와 사람다움의 연대를 통해서, 서로를 인정해주고 존중하고 사랑하며 살아가는 것이 올바른 것이라 생각했다. 또 그것이 얼마나 행복한 것인가를 그때 알게 되었다.

공주님 한창 당년 젊었을 때는
객기로 청혼이사 나도 했네만,

너무나 청빈한 선비였던 건

그적에나 이적에나 잘 아시면서

어쩌자고 가을되어 문은 삐걱 여시나?

수두룩한 자네 딸, 잘 여문 딸

상객이나 두루 한 번 가 보라시나?

건넛말 징검다리 밖에 없는 나더러

무얼 타고 신행길을 따라 가라나?

서정주, 〈석류개문〉

    아무것도 가진 것 없는 시인에게 수많은 보석 같은 딸을 감추고 있다가 내미는 석류의 그 놀라움을 서정주 시인은 우리들에게 말해주고 있다.

    아무리 허름한 차림을 하고 살아도 그 허름함 속에 감춰져 있는 자신의 생각과 꿈을 알고 살아야 하지 않겠는가? 세상에는 높낮이가 있고 그렇기 때문에 낮은 곳에 앉아있는 사람도 있다. 하지만 그들 모두 가슴속에 석류알 같은 보석이 빛나고 있음을 생각하자. 내가 그 속에 있는 보석 같은 석류알들을 어떻게 느끼고 해독하는가에 따라서 의미가 달라지는 것이다.

갑과 을, 상관과 부하, 좋은 직장과 허름한 직장. 우리는 사회적 관계에서 이렇게 층이 나눠진다. 하지만 실제는 서로 친밀한 상관관계를 가진 것도 생각해야 한다. 갑이 없으면 을이 없고 상관이 없으면 부하가 없는 것 아닌가?

그렇기 때문에 우리는 서로의 입장을 이해하고 서로의 얼굴을 마주보며 상의하는 것이 무엇보다 중요하다. 사람에게는 사람을 바라보는 눈이 있어야 하고 그들이 나와 마찬가지로 그 허름한 껍질 속에 들어있는 석류알을 가지고 살아가는 한 인간임을 기억해야 하는 것이다.

마음의 문을 여는 일

살아가노라면 세상과 나는 교섭을 하게 된다. 그런데 이 교섭은 항상 일방적이다. 내가 우선이 아닌 세상이 우선이기 때문이다. 직장에 다니면 나는 뒤로 가고 해야 할 일이 나를 옭아매게 된다. 그럴 때마다 나 자신이 마치 보이지 않는 사람처럼 느껴질 때가 있다. 그러나 누구에게도 내가 느끼는 나 자신의 소멸을 이야기할 수가 없다.

뿐만 아니라 가족관계도 마찬가지이다. 부모와 나 사이에 서로 소통하고 싶어도 뜻대로 되지 않아 나 혼자 갈등의 고리에 끼어들어가 고민하게 된다. 친구나 동료도 마찬가지이다. 사소한

눈이 내려와
온 세상을 덮어 버리듯이
나를 풀어버리는 자유

분쟁이 생기면 금방 이야기를 해서 풀어버리면 그만인데도 어색하고 부끄럽고 용기가 나지 않아 혼자 고민하는 경우가 있다. 그래서 어느새 마음의 문을 닫아 버리게 된다.

그는 문을 닫고 시작한다

우는 것도
울음을 멈추는 것도
문을 닫고 시작한다

숫자를 세는 것도
세다가 다시 세는 것도
문을 닫고 시작한다

나가는 것도
들어오지 않는 것도
문을 닫고 시작한다

아무것도

모든 것도

문을 닫고 시작한다

문은 시작한다

그는 열리지 않는다

장승리, 〈문은 시작한다〉

 이 시에서 보이듯이 우리는 자기라는 집에 은밀히 문을 열고 들어가 자신의 내면을 이야기 하고 스스로 달래곤 한다. 이 문을 열고 들어가 자기만의 공간에 갇혀서 스스로를 소멸해가며 살아간다. 그기렇에 이 문은 바로 자기로 들어가는 길이고 이 문이 열리지 않으면 그 마음의 문은 닫혀 있게 되는 것이다. 따라서 이 문을 열기 위해서는 세상과 나 사이에 소통이 될 수 있는 것들을 찾아보아야 한다.

 서울에 첫눈이 왔다. 겨우 옷깃을 스칠 정도였지만 첫눈이기에 창밖을 오랫동안 보고 있었다. 첫눈이 주는 감흥은 참으로 여러 가지다. 젊은 날 첫눈 오는 날 연인끼리 서로 만나기로 약속하기도 하고 또 흘러간 젊음에 어느 순간을 기억하기도 하고 사람에 따라 첫눈의 기억은 다를 수 있다. 이 겨울철 눈이 온다는 것은 일상을 벗어나 또 다른 자연과 만나는 기회이기도 하다.

어릴 적 고향 할머니 집에서의 일이다. 그날 아침부터 굵은 눈발이 내리기 시작했다. 마당은 이불을 덮은 듯 흰 눈밭이 되고 열려진 대문 저편 텃밭도 마당처럼 흰 눈밭이 되어 있었다. 오후가 되자 눈발은 약해지고 바람도 불지 않았다. 나는 털장갑을 끼고 마당으로 나갔다. 아직 아무도 밟지 않은 눈 위를 걸었다. 발 밑에서는 뽀드득 뽀드득 소리가 났다. 대문을 벗어나 돌담을 끼고 한참 걸어가 신작로에 다다랐다. 신작로도 눈밭이었다. 나는 신작로 건너 들판으로 들어갔다. 논밭이 경계 지어져 있어야 할 텐데 흰 눈만 하얗게 평면으로 펼쳐져 있었다. 누구네 논이고 누구네 밭인지 알 수 없었다. 나는 눈밭에 뒹굴고 혼자 이리 뛰며 저리 뛰고 놀았다. 얼마 지나지 않아 동네 아이들이 나왔다.

우리는 힘을 합쳐서 눈사람을 만들었다. 각자 하나씩 눈사람 다섯을 만들었다. 눈을 뭉쳐 굴려 덩어리를 만들어 눈사람을 세워 놓았다. 그런데 재미있는 것은 다섯 아이들의 눈사람이 전부 달라 보였다. 우리는 서로 자기 눈사람이 더 잘생겼다고 우겼다.

그러다 저녁 무렵에서야 눈에 옷이 젖은 채 할머니 집으로 왔다. 그날 밤 이불 속에서 나는 꿈을 꾸었다. 낮에 만들었던 눈사람이 나와 친구가 되어 눈밭을 뛰어다니는 꿈이었다. 나는 아침에 이 꿈을 할머니한테 말했다. 할머니는 하루 종일 눈에서 뒹굴고 살아서 그렇지 하셨다. 그러시면서 "눈사람이 너를 닮은 것은 마음을 깨끗이 하여 눈사람 같이 되라는 꿈인가보다"라고 하셨다. 나는 할머니의 말을 이해하지 못했다.

흰 눈이 내리는 창밖을 보면서 흰 눈밭을 생각했다. 소유의 경계도 없고 영역의 한계도 없고 끝없이 흰 눈밭만 있어서 마음 놓고 걸어 다니던 그 들판에서 이제야 나는 비로소 나 자신의 자유를 느끼게 되었다. 그동안 나 자신의 내면으로 들어가는 문만을 고집하면서 붙들고 있었다. 활짝 열어진 마음의 공간을 눈밭처럼 펼쳐놓지 못하고 산 것이 안타까운 생각이 든다. 조그마한 아집이 나를 한계 안에 밀어 넣고 혼자 온갖 망상에 잠겨서 진실한 사람이나 사물의 형상을 바로 보지 못하고 살아오는 잘못을 저지르기도 하는 것이다. 마음의 문을 연다는 것은 눈이 내려와 온 세상을 덮어 버리듯이 나를 풀어버리는 자유를 얻어야 이룰 수 있는 것이라 생각한다.

나라는 한계의 극복은 마음의 문을 여는 데부터 시작하는 것

이라 할 수 있다. 눈처럼 함께 사는 세상을 꿈꾸고 눈으로 만든
내 모습을 가지고 있을 때 나와 다른 사람도 나처럼 보이는 것이
아닐까.

설렁탕 한 그릇

인간에 대한 사랑과 연민 어린 마음이야말로 세상을 살아가는 사람다운 아름다움의 한 장면이 될 수 있다. 우리의 세상은 홀로 사는 세상이 아니지 않은가. 옆자리 동료가 없다고 내가 그 자리에 앉아 있을 수도 없는 것이기에 사람은 함께, 같이 언제나 수평적 자리에서 서로 손을 잡고 쳐다봐야 하는 것이라고 생각한다.

내가 아주 젊었던 날, 처음 교수가 되고 얼마 되지 않았을 때는 참으로 기고만장했다. 젊은 학자로서 자신감과 미래를 향한 나의 꿈도 부풀어 올라 있었고, 그렇기에 자만도 있었고 자신감

교실 안에 들어서니까
스팀이 고장 나서
바깥보다 더 추운 듯 느껴졌다

도 아주 넘쳐 있었다.

그러던 어느 겨울, 4학년 학기말 시험을 치던 날이었다. 그날 날씨가 영하 10도를 넘어가며 강추위가 몰아닥쳤는데 교실 안에 들어서니까 스팀이 고장 나서 바깥보다 더 추운 듯 느껴졌다.

학생들은 시험이라고 웅크린 채 앉아 있는데 보니까 장갑을 벗지 못하고 그대로 낀 아이들도 있었다. 나는 너무 추우니까 날씨가 조금 풀릴 때 다시 시험을 치면 어떻겠느냐고 얘기했는데 학생들은 준비를 해와서 그런지 졸업 때라 그런지 "그냥 시험 쳐요!" 하는 것이었다.

나는 백지로 된 시험지를 아이들에게 나눠주고 칠판에 문제를 적은 뒤 교탁에 기대 서 있었다. 열대여섯 명 정도 되는 학생들인데 이들은 4년간이나 나와 함께 지낸 학생들이라 나는 그들이 부정행위를 할 거라는 생각도 없이 그냥 서 있었다.

그런데 한참을 기대어 서있다 보니까 교복을 입은 한 학생이 책상에 엎드려 있는 것이다. 두 손을 책상 밑에 넣고 고개를 숙이고 있는데 내가 볼 때는 무언가를 들여다보는 게 아닐까 하는 생각이 드는 모습이었다. 그래서 4학년이고, 얼굴

도 잘 익어서 전혀 커닝을 할 형편이 아님에도 고개를 숙이고 있는 것이 마음이 안 좋아서 "똑바로 앉아서 시험 치자!"라고 한마디 했다.

그런데도 이 학생은 고개를 숙인채로 엎드리고 있었다. 나는 점점 젊은 선생이라 커닝을 해도 잡지 않을 거라는 생각을 갖고 있는 게 아닌가 하는 생각이 들었고, 나 자신이 화가 나기 시작했다.

10분쯤 남겨놓고 나는 더 기다리지 못하고 그 학생의 뒤로 가서 교복 옆구리의 허리춤 부근에 손을 넣어 보았다. 그랬더니 이게 웬일인가? 교복 안으로 살갗이 닿았는데 얼음장 맨살이었다.

알고 보니 그는 교복 하나에 내복도 못 입고 너무 추워서 그냥 엎드려 있었던 것이다. 그 학생은 놀라 고개를 들어 나를 쳐다보았다. 아무것도 하지 않고 엎드리고 있었던 학생에게 무슨 말을 할 수 있을까. 시험지를 보니까 너무 추워서 한 글자도 못 쓴 상태였다.

시험을 끝내고 나오면서 그 학생을 내 연구실로 데리고 왔다. "내가 네가 커닝했던 걸로 봐서 미안하다" 하니까 "선생님, 제가 엎드리고 있어서 선생님이 오해하시게 해서 죄송합니다"라고 했다. 나는 따뜻한 난로가 있는 연구실에서 다시 시험지를 주고 그를 앉혀 시험을 보게 했다. 그리고 그가 다 쓴 후에 데리고 나가 설렁탕집에 가서 둘이서 설렁탕 한 그릇을 먹고 헤어졌다.

사람에 대한 나의 이해가 얼마나 부족했던가. 나는 이날의 일을 교훈으로 삼았다.

감태준의 시 한편을 한 번 읽어보자.

옛날, 아득한 옛날의 이야기렷다
어느 나라 어느 고을 어느 마을에
이마에 뿔이 돋은 사람이 살고 있었는데
아니, 산에 가더니 쓸 만한 나무가 없다고
이것저것 가리지 않고 베어버렸다고 해요
닥치는 대로 도끼로 쓰러뜨려버렸다 해요
하지만 숲이 숲인 것은 기둥감만 살지 않고
쓸모없다는 나무도 찾아와야 숲이 되는 것!
쭉쭉 뻗은 나무가 집 기둥감으로 쓰일 때
겨울이 밀어닥치자 쓸모없는 나무는 그러나
가난한 사람들의 아궁이를 지피는 것이었다

감태준, 〈아름다운 전설〉

어머니의 눈사람

감태준의 〈아름다운 전설〉이다. 나와 함께 살아가는 사람들은 각각 그들 스스로의 생명 가치를 갖고 있다. 그 생명 가치를 서로 인정하고 살아가는 것이 인간미의 기본이다.

　쭉쭉 뻗은 나무가 집 기둥으로 쓰일 때 쓸모없는 나무는 가난한 사람의 아궁이를 지핀다는 시의 가르침처럼 서로의 소용에 따라 서로 소중한 가치를 가지고 있음을 존중하고, 세상에 필요한 사람으로 살아가는 존재임을 생각해가며 지내야 비로소 인간의 아름다운 심성이 만들어지는 것이다.

　경쟁적 관계에 있는 사람과의 관계에서 상대방이 나의 장애가 된다고 여기기보다는 서로가 도와가며 살아가는 하나의 조직이라는 인식을 갖고 있어야 인간미를 발현할 수 있을 것이다.

진달래꽃 물든 편지

자연은 인간이 정복해야 할 대상이 아니라 함께 어울려 살아
가야 하는 것이다.

대학에서 '문학의 이해'라는 과목을 강의할 때였다. 주로 신입
생이 처음 대학에 와서 듣는 강의였다.

나는 "제일 좋아하는 꽃이 있느냐"고 물었다. 대다수의 학생들
이 멍하니 앉아 있었다. 나를 둘러싸고 있는 세계인 '자연과의
교섭을 어떻게 하고 있는가' 하는 것이 내 질문의 본뜻이었는데
그들은 당황했다. 좋아하는 꽃을 가진다는 것은 단순히 어떤 꽃
이 아름다우냐 하는 것이 아니라 내가 꽃과의 인연이 있느냐 하

는 것이었다.

내가 대학에 입학해서 한 달이 채 안 된 어느 날이었다. 학과 연구실에 들어가니까 우편함에 삼촌의 편지가 보였다. 보니까 삼촌이 편지를 집으로 안 보내고 학교로 보낸 것이었다. 뜯어보니 대학생이 된 동규를 축하한다는 글과 함께 고향에 핀 진달래 한 송이를 보내며 삼촌의 축하하는 마음인 줄 알라는 사연이었다. 잉크로 쓴 그 글 위에 진달래 꽃잎이 눌려서 분홍빛으로 물들어 있었다. 나는 축하 편지이기에 그냥 쓰레기통에 버렸다.

그리고 한 달이 지났을까, 삼촌의 부고를 받았다.

삼촌은 고향에서 서울로 올라와 중, 고등학교를 다니며 혼자 자취했다. 통인동 어느 문간방에 세를 얻어 자취하는데 형편이 어려우니까 겨울이 되어도 아궁이에 불 한 번 때보지 못하고 냉방에서 지냈다 한다. 결국, 졸업하자마자 폐결핵에 걸렸다. 푸르른 꿈을 접고 고향에 내려와 투병 생활을 하다가 장가도 못 가고 삼십 대 중반에 세상을 떠났다.

삼촌은 고향의 산에 묻혔다. 잔디도 없는 붉은 흙에 내려가서 그 앞에서 무릎을 꿇고 엎드리니, 눈앞에 그제야 번진 글자 위 분홍색으로 퍼진 자국들이 떠올랐다.

조카의 대학 입학을 축하하면서 편지를 보낸 삼촌의 느낌. 그

잉크로 쓴 그 글 위에
진달래 꽃잎이 눌려서
분홍빛으로 물들어있었다

것은 비애와 좌절이 눈물처럼 그 속에 깔려있는 것이었다. 뼛속
까지 젖어오는 슬픔의 마음을 알 수 있었다.

꽃 하나가 가진 상징의 의미는 그런 것을 말한다.

아파트 베란다
난초가 죽고 난 화분에
잡초가 제풀에 돋아서
흰 고물 같은 꽃을 피웠다.

저 미미한 풀 한 포기가
영원 속의 이 시간을 차지하여
무한 속의 이 공간을 차지하여
한 떨기 꽃을 피웠다는 사실이
생각하면 할수록
신기하기 그지없다.

하기사 나란 존재가 역시
영원 속의 이 공간을 차지하며

무한 속의 이 공간을 차지하며
저 풀꽃과 마주한다는 사실도
생각하면 할수록
오묘하기 그지없다.

곰곰 그 일들을 생각하다가 나는
그만 나란 존재에서 벗어나
그 풀꽃과 더불어

영원과 무한의 한 표현으로
영원과 무한의 한 부분으로
영원과 무한의 한 사랑으로
이제 여기 존재한다.

구상, 〈풀꽃과 더불어〉

구상 시인의 〈풀꽃과 더불어〉라는 시다. 아파트 베란다에 피어난 난초 한 포기를 왜 내 곁에 두어야 하는가 하는 점을 이해하는 것이 자연 사랑의 출발이다. 겨울나무 곁에 서 보자. 그리고 앙상한 가지를 펴고 봄을 기다리는 싱싱한 생명력을 생각해보자. 나무는 박토에 뿌리를 내리고 버티고 서서 싹을 피우고 가지를 뻗어 무성한 잎사귀를 피우고 때가 되면 열매를 매달고 있지 않은가. 이 나무는 열심히 살아 이룬 잎사귀를 가을이면 키워준 땅으로 돌려보내고 맺은 열매는 또 다른 생명의 씨앗으로 돌려주며 한 해를 살고 그 다음 봄을 기다리고 있는 것이다.

풀 한 포기, 나무 한 그루를 따뜻하게 껴안고 살아가야 비로소 환경의 문제 그리고 자연과의 친화가 무엇을 의미하는지를 알 수 있을 것이다.

추운 겨울을 견디고
피어난 쑥처럼

며칠째 날씨가 따뜻해졌다. 그런데도 밤이면 한기가 느껴지고 추운 겨울의 끝자락이 목덜미를 움츠리게 한다. 겨울이 가고 봄이 다가오는 그 희미한 중간지대에 이월은 있다. 이 이월을 보내며 새삼스럽게 생각나는 것이 마치 책을 한 장 한 장을 읽고 넘길 때면 전에 읽었던 쪽에 무슨 내용이 있었는가 하는 생각과 펼쳐진 쪽에서는 어떤 내용이 펼쳐질까 하는 궁금함이다. 나는 이 겨울과 봄의 사이에서 나 자신이 살아가는 행로를 살펴보게 된다. 자신을 돌아보게 하는 시간의 매듭은 항상 한 해의 처음을 열 때이다. 새해가 가까워 오면 죽으라고 살아오면서 놓치고 왔던 일로 해서 생긴 마음의 앙금들이 떠오른다. 그리고 이 앙금 때문에 허무한 회한에 매달리게 된다. 그러다가 새해를 맞으면 곧 앞으로 나아갈 계획들을 세우고 전쟁터로 가는 병사처럼 이를 악물고 내일을 맹세한다. 그러다가 눈이라도 뿌리고 다시 새 울음소리가 마른가지에서 들려오면 일상을 견디어오며 닳아버린 구두 뒷창처럼 매끈하게 한 곳으로 생각이 모여들어 새로운 각오나 비전을 잊어버리게 된다. 그러다가 도심에서 벗어나 집으로 가는 길에 도로의 양편에 누워있는 산의 나무들을 보게 된다. 나무들은 검은색에서부터 회색으로 바뀌고 마치 잘못 칠해진 수채화처럼 희미한 색채로 변해있을 때 깜짝 놀란다. 봄이 가까이 와있는 것이다. 이때쯤이면 새 생명의 약동을 감지하게 된다. 집에 돌아가 캄캄한 밤에 창문이라도 열면 포근한 안락의 밤바람이 스며들듯이 들어온다.

이 봄이 다가선 순간 갑자기 새해 첫날의 가슴에 품었던 일들이 생각나고 머뭇거리며 아무것도 이룬 것 없이 그냥 작년처럼 살아온 나를 발견하게 된다.

초등학교 시절이었다. 봄방학을 맞아 할머니가 살던 고향집에 가곤 했다. 어느 해 봄방학, 나는 긴 시간 기차를 타고 한밤에 고향역에 내렸다. 역에는 한밤이라 기차를 타려는 승객들도 보이지 않았다. 몇 사람이 내 앞에 서서 철길을 따라 멀리 보이는 마을쪽으로 걸어가고 있었다. 나도 혼자 철길을 따라 할머니 집을 향해 갔다. 철로길을 따라 멀리 보이는 신호등을 목표로 걸어갔다. 할머니는 항상 신호등 곁에서 나를 기다리고 있었다. 빨간불이 유난히 커 보이는 신호등 근처에 왔을 때 나는 눈앞이 캄캄했다. 흰옷을 입은 귀신이 서 있는 것이었다. 나는 꼼짝할 수가 없었다. 그때 누군가 내 이름을 불렀다. 주저앉아 눈을 살포시 떠보니 귀신이 아니라 흰옷을 입은 할머니였다. 할머니는 웃으며 내가 언제나 너를 기다리며 여기서 있지 않았냐 했다. 그제서야 정신이 들었다. 그리고 조금 부끄러웠다. 땅바닥에 주저앉았던 나 자신 때문에 얼굴이 붉어졌다. 그러나 캄캄한 밤이 나를 감추어 주었다. 할머니와 나는 철로를 벗어나 뚝길로 접어들었다. 그때 할머니는 나에게 "이놈아 무슨 냄새가 나지?" 하고 물었다. 나는 코를 벌름거려 보았으나 아무 냄새도 나지 않았다. "아니요" 하고 대답했다. 그러자 할머니는 "쑥 냄새가 나지?" 하고 다시 물었다. 나는 다시 코를 벌름거렸다. 정말 쑥 냄새가 났다.

다음날 할머니는 나를 데리고 쑥을 뜯으러 갔다. 얕은 언덕이나 양지바른 계곡에 얼굴을 빼꼼히 내밀고 있는 햇쑥을 손으로 뜯었다. 할머니는 보삽으로 나보다 열배는 더 많이 뜯었다. 그리

아무도 돌보지 않아도
스스로 향기를 지니고 피어난 쑥처럼
어려운 환경 속에서 이겨내는 힘

고 산길에 피어난 참꽃을 꺾어 다발을 만들었다. 해가 질무렵 집으로 돌아왔다. 할머니는 갑자기 나를 무릎 앞에 앉히고 쑥 얘기부터 시작했다. 할머니는 쑥이 돋아날 때면 삼촌이 초등학교를 졸업하고 서울로 혼자 중학교에 다니려고 고향집을 떠나갈 때의 이야기를 했다. 할머니는 삼촌에게 쑥 한 줌을 주머니에 넣어서 가방에 묻어두고 "어렵고 힘든 일이 있으면 쑥 생각만 해라" 하고 타일러주었다고 했다. 추운 겨울을 견디고 아무도 돌보지 않아도 스스로 향기를 지니고 피어난 쑥처럼 어려운 환경 속에서 이겨내는 힘이 있어야 한다는 것을 일러 주었다고 했다. 할머니는 이 쑥 이야기를 하면서 아버지가 중학교에 다닐 때 학비를 벌기 위해서 봄이 오기를 기다렸다고 했다. 할머니가 장터에 나가서 떡을 팔아야 했는데 봄이 와야 쑥이 돋아나고 햇쑥을 넣은 떡을 만들어야 잘 팔렸기 때문에 봄이 오기를 기다렸다고 했다. 할머니에게는 봄은 쑥이 피는 계절이고 공부하러 객지로 떠난 아들들을 위해서 쑥떡을 만들어 많이 팔아야 하는 서러운 봄의 기쁨이었다. 나는 할머니의 말을 들으면서도 고생이 마음에 쏙 들어오지 않았다. 고생이란 말을 잘 알아들을 수가 없었던 것이다. 할머니의 봄은 쑥 냄새로 오는 것이고 이것은 또 다른 기쁨으로 파장을 이어 가는 것이었다. 이처럼 봄이 온다는 것은 사람에게 또 다른 삶의 지표를 주거나 잊었던 것들을 찾아 생명을 불어넣고 그것을 깨닫게 하는 시간이기도 한 것이다.

이제 나에게도 이 봄은 새로운 세상으로 가는 창문이 되고 있다. 정월에 무작정 꿈꾸던 그런 목표가 아니라 아무도 돌보지 않아도 스스로 생명의 소중함을 가지고 척박한 땅에서 돋아나 봄을 맞아 향기를 피우는 쑥처럼 그런 삶의 지혜를 발휘할 때로 느껴지는 것이다.

며칠 전이었다. 기차를 타고 울산에 갔다. 볼일을 보고 돌아오려고 다시 울산역에 섰다. 새로 만든 역이라 마당에 심어놓은 나무들이 가느다랗고 부목으로 가지를 받치고 있었다. 나는 출발 시간이 조금 남아서 역 앞 마당 벤치에 앉았다. 내 뒤로 멀리 시가지가 보이고 가까이 가느다란 마른 나무 뒤로 놓인 벤치에는 젊은 승객들이 나처럼 기차를 기다리고 있었다. 이때 내 옆자리에 젊은 청년 둘이 앉았다. 그들은 앉자마자 그들의 이야기를 이어가고 있는 듯 했다. 회사에서 몰래 모함하는 이가 있어 피해를 입고 있다는 이야기를 한 청년이 했고 다른 청년은 모함한 사람을 다른 곳으로 보내지 않으면 일이 제대로 되지 않을 것이라고 맞장구를 치고 있었다. 그때였다. 한 친구가 갑자기 아들이 중학교에 간다는 이야기를 끄집어내었다. 그러면서 봄은 자신에게

잔인한 계절이라고 했다. 그러자 또 한 친구는 어머니가 편찮아서 병원에 입원해 있다고 했다. 그러면서 어려워도 견딜 수밖에 없지 않느냐고 서로를 위로해 주고 있었다. 나는 곁에서 나도 어려운 일이 많아요 하고 같이 끼어 이야기하고 싶었다. 기차가 올 시간이 되어 셋은 동시에 일어나서 출구로 향했다. 그렇다. 누구든지 어려운 현실 속에 던져져 있다. 그러나 어려운 현실은 마치 얼어붙은 얼음 밑에 깔려 있는 거 같아도 어느새 내 스스로 생명의 약동을 지니고 있으면 얼음이 녹는 날이 오고 쑥 냄새를 온 마을에 뿌리듯이 그렇게 향기는 삶을 만들어 낼수 있는 기회가 오지 않겠는가. 무작정하는 결심만이 아니라 참고 이기는 힘이 꽃으로 바뀌는 봄이 이제 정말 신년처럼 오고 있다.

잊혀지지 않는 소리

나에게는 잊혀지지 않는 소리가 있다. 이 소리는 내 핏속에 녹아 있어서 항상 내가 살아있는 오늘과 살아온 어제와 그리고 살아갈 내일에 중심을 생각하게 하는 자리가 되고 있다. 초등학교 육학년 때 나는 전쟁의 와중에 빠졌다. 서울 한강변에 살던 나는 육이오 전쟁이 나고 며칠 지난 유월 이십팔일 한강 둑에서 인민군을 처음 보았다. 인민군은 군복 가슴팍과 등에 위장용 포플러 나뭇가지를 꽂고 있어서 무섭게만 보였다. 그리고 얼마 지나지 않아 한강변 모래사장에 사람들이 빙 둘러 서 있었다. 인민군 병사들이 한 줄로 서서 총을 들고 있었고 권총을 든 장교가 앞에 나와서 서 있었다. 그리고 열 발쯤 떨어진 곳에 육군 소위와 사병이 손이 묶인 채 모래에 꿇어앉아 있었다. 그들이 앉은 자리 앞에는 삽으로 구덩이를 파놓았다. 사람들 앞에 공개 처형을 하고자 하였다. 인민군 장교가 국군 사병에게 마지막 할 말이 무어냐고 물었다. 그러자 사병은 큰소리로 엄마하고 소리를 질렀고 뒤에 서 있던 인민군 사병들이 총을 쏘았다. 총에 맞은 사병은 앞으로 쓰러지며 모래 구덩이에 박혔다. 그러자 인민군 장교가 소위에게 물었다. 마지막 하고 싶은 말이 무어냐고 물었다. 국군 소위는 인민군 장교에게 묶여진 손을 내보이며 내 시계를 너 가져라, 하였다. 그러자 인민군 장교가 손목시계를 그의 손에서 빼들었다. 그리고 나서 다시 국군 소위에게 또 할 말이 있는가 하고 묻자 큰소리로 대한민국 만세하면서 소리를 질렀다. 그러자 인민군 장교의 신호를 받고 인민군 사병들 총을 쏘았다. 국군 소위는 고꾸라져 모래 속에 박혔다. 나는 평생 한강변 모래사장에서 인민군에게 총살을 당하며 사병이 부르던 엄마와 장교가 소리친 대한민국 만세라는 소리를 내 가슴에 품고 있다. 나에게는 이 소리가 바로 하나의 생명의 원천에 대한 자기 확인의 소리였고 또 어느 땅에 살고 있는 공동체의 하나됨을 외치는 절규였음을 기억하면서 이 두 소리는 외치는 내용은 달라도 하나의 뿌리에 자리하고 있다고 생각한다. 그것은 엄마와 내가 살고 있는 국가라는 대한민국이 바로 생명의 공동체 안에서 살아가고 있는 사람들의 본원적 의식이라고 생각한다. 국가라는 것은 그렇기에 엄마와 대한민국의 합해진 삶의 터전이요 내 본질의 근원이 되는 것이다.

　다음 시는 독일에 유학을 가서 아버지에 대한 그리움을 그린 내용이다.

　　　　삼만 리 너머 그 무덤 있어 몸 가지 못하니
　　　　어느 날 몸 안에 봉분 하나 들게 내버려두었네

　　　　봉분을 두고 나니 눈 밖으로 나올 불 같은 화도
　　　　다 안으로 들어갔네
　　　　봉분을 두고 나니 입으로 나올 진창 같은 말도
　　　　다 안으로 들어갔네

　　　　봉분이 부풀어 오르는 꿈을 꾼 봄밤이 있네
　　　　깨어나 목을 축였네

할 말이 있는가 하고 묻자
큰소리로 대한민국 만세하면서
소리를 질렀다

후두둑 내 안에서 무슨 접동새들이
날아가는 소리가 나왔네

그 십 년 전 무덤가에서 날아가던 새들이
십 년 동안 내 안에 깃 내리고 있다가
고인 걸음을 툭 툭 털며
서녘으로 날아가는 소리였네

서녘은 내 몸 안에 있는가
내 마음 안에 있는가
봉분처럼 부풀어 오르며 새들은 골똘이 생각했네
물은 달았네
아, 아버지 다시 본 듯 아렸네

허수경, 〈그해 봄밤에 나는 십 년 너머 가지 못한 아버지의 무덤을 생각했네〉

이 시에서 시인은 제목에서의 '십 년 너머 아버지의 무덤'에
가보지 못한 마음을 가슴에 봉분으로 삼고 살아가야 했던가 하

는 물음을 우리들에게 주고 있다. 이 가슴의 봉분은 바로 아버지의 핏줄의 그리움인 동시에 또 그가 타국이라는 다른 터전에 놓여져 있는 외로움의 한 표현이 되고 있다. 내가 태어나게 된 생명의 끈과 그 뿌리가 되는 터전에 대한 공동체 의식이 바로 국가관의 기본이 되는 것이다. 오늘의 시대에는 나와 우리는 있어도 그리고 국가라는 언어는 난무하지만 대한민국이라고 하면 어디 촌스러운 사람처럼 생각하게 하는 분위기에서 세계 어디를 가도 메이드인 코리아를 만나면 갑자기 아버지나 어머니 혹은 내 형제 그리고 내가 살던 고향을 생각하며 기뻐하는 것은 바로 국가가 우리들의 공동체의 중심에 놓여져 있기 때문이다. 그러기에 나라를 사랑하고 나라를 위해서 스스로 하나의 일원이 되어 산다는 것에 대한 자긍과 자존이 바로 국가관의 중심에 놓여 있어야 한다. 국기 앞에서 숙연해지고 우리 선수들이 외국 선수와 다투어서 경쟁할 때 목청이 터져라 응원하게 되는 것도 바로 공동체가 주는 삶의 희열이고 또 서로 의지해 살아가는 하나의 생명 집단의 자연스러운 교감이 되는 것을 잊지 말아야 한다. 대한민국, 그것은 바로 내 얼굴에 그려진 명함이다.

스스로를 달래기 위한 방법

절박한 마음이 나를 짓누를 때가 있다. 해야 할 일은 산 같이 밀려드는데 머릿속은 하얀 백지장처럼 텅 비어 일이 손에 잡히지 않을 때가 있다. 아무리 생각을 달리 해보려 해도 움직이지 않고 일과 상관없는 조그마한 사연에 얽매어 두 손을 들고 앉아 있어야 하는 순간들이 있다. 이 순간은 나를 둘러싸고 있는 세계와의 단절을 가져오고 나로 하여금 절망의 늪으로 밀어 넣는 것이다. 그러면 나는 어린 날을 생각한다.

중학교 일학년 피난지 대구의 어느 학교 교정에서였다. 본건물은 군인병원이 들어 있었고 우리는 운동장 끝에 군용텐트를 치고 그곳에서 공부를 하고 있었다. 텐트창 밖을 보면 머리에 붕대를 매거나 다리 한쪽이 없어서 목발을 짚고 서 있는 부상당한 군인들을 볼 수 있었다. 여름이 가까워 오던 날 비가 내리기 시작했다. 폭우였다. 그날은 비가 너무 와서 일찍 집에 보냈다. 다음날 아침 학교에 갔다. 비는 계속 내리고 있었다. 산비탈 끝에 지워진 텐트로 운동장에 내린 비들이 다 흘러 들어와 텐트 안 의자 위까지 물이 가득 차 있었다. 우리는 신발을 벗고 책상 위에 올라 앉아있었다. 둘째 시간이었다. 역사 시간이었다. 서울에서 어느 대학 교수로 계시다가 피난 내려와 중학교 선생님이 되신 역사 선생님이 들어왔다. 선생님은 맨발이었다. 그리고 교탁 위에 올라앉았다. 선생님은 역사책을 꺼내라는 말도 하지 않고 한참을 텐트밖에 뿌리는 비를 보시고 계셨다. 우리는 숨 죽인 채 가만히 있었다. 한참만에 선생님은 갑자기 김소월의 시를 암송하기 시작했다. 처음은 진달래꽃을 읊으시더니 조금 있다가 길이라는 시를 읊으셨다. 그런데 이 길을 세 번이나 연속해서 읊었다.

어제도 하로밤
나그네 집에

머릿속은
하얀 백지장처럼 텅 비어
일이 손에 잡히지 않을 때가 있다

가마귀 가왁가왁 울며 새었오.

오늘은
또 몇 십리
어디로 갈까.

산으로 올라갈까
들로 갈까
오라는 곳이 없어 나는 못가오.

말마소, 내 집도
정주 곽산(定州郭山)
차 가고 배 가는 곳이라오.

여보소, 공중에
저 기러기
공중엔 길 있어서 잘 가는가?

여보소, 공중에

저 기러기
열 십자 복판에 내가 섰소.

갈래갈래 갈린 길
길이라도
내게 바이 갈 길은 하나 없소.

김소월, 〈길〉

　　선생님은 이 시를 목 메인 소리로 세 번을 암송만 하다가 갑
자기 윽 하고 울음을 터트렸다. 우리는 어리둥절하여 숨도 크게
못 쉬고 있었다. 한참 만에 선생님은 북쪽고향에 두고 온 아이들
과 아내가 생각이 나서 견딜 수 없었다고 했다. 나는 그 후 이 시
를 자세히 읽어 보면서 선생님을 생각했다. 교수로 있다가 중학
교 선생님으로 바뀌어 어린 아이들을 볼 때 현실에 무상함과 처
지의 곤혹함을 느끼셨겠지만 무엇보다도 보고 싶은 혈육에 대한
그리움 때문에 우셨던 것이 아닌가 생각했다. 그 후 세월이 가면
서 나는 선생님의 처지를 더욱 생각하게 되었다. 변해버린 자신
의 처지에 대한 허망함이 이 시를 암송하게 하지 않았나 생각한

다. 얼마 후 내가 대학생이 되어 선생님을 뵐 수 있는 기회를 가졌다. 어느 대학에서 역사 교수가 되어 강의하고 계셨다. 나는 그 선생님의 암울했던 시절을 기억하면서 왜 이 시가 그의 가슴에 남아 있었던 가를 생각해 보았다. 그것은 자신의 처지를 길이라는 대상 위에 얹어 놓고 스스로를 달래고 스스로를 위안했던 탓이라 생각된다. 현실에 부딪쳐 꽉 막힌 앞을 헤쳐가기 위해서는 현실에 대한 명확한 논리적 해독을 통해서 길을 찾아내야 하지만 그보다 우선되는 것은 스스로의 처지를 위안하고 반성하고 그 속에서 일어서려는 의지를 만들어 내야 현실에 대한 원망을 벗어나 새로운 길을 찾아낼 수 있게 되는 것이라 생각된다. 비가 철철 내리는 텐트 안에서 물이 불어나 의자까지 꽉 차오를 때 책상 위에 앉아서 헉 헉 울고 있는 선생님을 보고 그가 읊었던 시 한 수를 기억하는 것은 내가 스스로를 달래려는 길을 찾게 하는 방법이 되고 있다.

후회하는 봄날

    너무 허망하게 사월은 가고 있다. 이 허망함이란 손에 잡고 있던 모든 것을 놓친 것 같은 그런 느낌이라고 할 수 있을 것이다. 박목월 시인 탄생 백주기를 맞아 서울의 집에서 열린 기념식에서도 저녁 늦게까지 시인들과 어울리지 못하고 집으로 돌아왔다. 몸과 마음이 텅 빈 것 같아 견딜 수 없었기 때문이다. 벌써 목월 시인이 돌아가신지 37년이나 되었다는 것이 실감나지 않는 것이기도 하다. 그러면서도 시간의 흐름을 잊은 채 살아온 무심함이 허전함에 겹쳐져 자꾸만 움츠러드는 나 자신을 보게 되는 것이다.

내가 삼십대 중반쯤 되었을 때였다. 아침 일찍 서울대로 향했다. 아침부터 오후 늦게까지 강의가 이어져 있어서 평상시보다 빨리 집을 나섰다. 봉천동 네거리를 지나 언덕길로 올라가자 양옆에 은행나무들이 제법 파란 잎을 드러내 보여주고 있었다. 교정에 들어서자 철쭉이 제 빛을 내고 있었다. 나는 하루 종일 강의에 매달리다 다섯 시가 지나서 교문을 나섰다. 오늘은 아버님이 입원해 계시는 한양대학병원으로 향했다. 며칠을 벼르렀지만 일에 매달려 벗어날 수가 없었다. 병원으로 가는 길은 퇴근길이라 차가 주차장처럼 막혀 있었다. 나는 지루하게 길이 열리기를 기다리며 병원에 계신 아버지를 생각했다. 집에 계실 때는 아침이면 거실로 나와 커피를 드시고 거실 문을 열고 고무신을 신고 마당에 내려서서 꽃가지들을 만지거나 호미로 땅을 다듬기도 하시던 모습이 눈앞에 어른거렸다. 그리고 어느 날인가 내가 뒤에서 있을 때 아버님이 "야, 이 꽃 좀 봐라. 너는 물 한 번 주지 않았는데도 너를 보고 웃고 있지 않니?" 하고 웃는 얼굴로 나를 보셨다. 나는 마당에 화단을 돌보지 않는 게으름을 지적하시는 것으로 들었다. 차 안에서 그때의 말씀을 생각해 보니 항상 웃음을 주는 꽃의 이미지를 말씀하신 것임을 알 수 있었다. 아무리 게을러도 나를 자책하지 않고 스스로 깨우쳐 게으름을 벗어나게 하는 방식으로 가르치시던 아버지였다. 나는 차 안에서 갑자기 울컥했다. 무슨 말을 해도 그 깊이를 알지 못하고 아무리 가르쳐줘도 그것이 어떤 것인가도 제대로 살펴보지 못했던 내 얕은 생각들이 느껴졌기 때문이다. 그뿐만 아니다. 대학에서 아이들을 가르치던 내가 아버님의 뜻을 제대로 이해하지 못했다는 것이 부끄럽기도 했다. 늦게야 겨우 병원에 닿아서 병실 문을 열고 들어섰다. 아버님은 머리를 제대로 빗지 못하고 누워 계셨다. 나는 병색이 가득한 아버지의 얼굴을 보면서 눈을 바로 뜰 수 없었다. 아버지는 아무렇지도 않은 듯이 세상 이야기를 하셨다. 그러다 말끝에 동생들의 안부도 물었다. 그리고 곧 퇴원할 것이라는 말도 하셨다. 나는 몇 시간 앉아 있다가 나와서 집으로 왔다. 그런데 집에 돌아와 나 홀로 책상에 앉아있으려니 만 가지 지나간 일들이 생각이 났다. 아침 산책길에 우리 집에 들어오셔서 커피를 들며 손자의 머리를 쓰다듬던 아버지의 건강한 모습이 오늘 같았는데 병색이 든 아버지의 얼굴은 나를 어두운 골목길처럼 생각의 갈래를 쓸데없이 휘청거리게 하고 나를 곤혹스러운 참회속으로 밀어넣고 있었다. 나는 아버지가 병이 드시리라고는 생각지도 않았다. 항상 건재한 아버지로만 기억하고 있었다. 이 말도 되지 않는 낙관이 나를 게으르게 만들고 아버지와 나 사이에 놓여있어야 할 단단한 다리를 허무는 결과를 낳은 것만 같았다.

이 기억은 백주년 기념식을 마치고 돌아와 방 안에 앉아 있을 때 또 떠올랐다. 시간의 흐름에 매달려 살아가는 인간의 삶을 충실하게 그리고 진지하게 살펴보지 않고 흘려보낸 일들이 꼭 길가다가 맨홀에 빠져버린 것처럼 나를 황당하게 하고 가슴을 허전하게 하는 것이다.

사월은 피었다 지는 꽃들이 순서적으로 질서에 맞게 그 생명의 개화와 조락을 보여주고 있지만 인간은 항상 자기 편의대로 삶의 세계를 그려내고 그리고 그 그림 속에 빠뜨려 진실로 중요한 것과 소홀해도 되는 것의 구분도 제대로 못하게 하는 것이라 생각이 든다. 사월은 허망하게 후회의 봄날이 되는 것이 벚꽃 밑에서 그 꽃잎처럼 눈물을 떨구는 것이 되고 있다. 어제 미국에 있는 아들에게서 전화가 왔다. 아들은 아버지의 건강을 물었다. 나는 건강하다고 대답을 하면서 아들이 아버지가 늙어간다는 것을 걱정하고 하는 전화임을 눈치 챌 수 있었다. 그러면서도 아무렇지도 않게 건강하다고 아들에게 큰소리친 것은 알고 보면 허세였다. 아무리 지금은 아무렇지 않다 해도 가버린 세월에 맡겨진 육체의 건강함이라는 것은 종이조각 같아서 언제 구겨질지 알 수 없는 일이라 장담할 수 없는 것이다. 그래도 큰소리치는 것은 어쩔 수 없는 부모의 마음이었으리라. 아버지도 나에게 그렇게 하셨을 것이라는 생각이 들었다. 이제 오월이 오면 아버님의 묘소를 찾아가야 된다. 그런데 찾아가는 기쁨보다 묘소에 엎드려 잘못한 것을 뉘우치는 시간이 더 길지 않을까 생각이 든다. 그리고 겁이 난다. 살아계시는 동안 한 번도 부모님을 모시고 여행 한 번 제대로 가지 못했던 못난 아들을 아버님은 어떻게 생각하실까 걱정이 된다. 그러나 아버지는 아마 큰소리로 "아무렇지도 않다" 하고 말하실 것임을 나는 알고 있다. 우리는 이 깊이 있는 이해의 세계를 바라보며 살아야 할 것이다.

4장
_____

다들,
어찌 살고 계신지요

격려하며 살고 있나요?

요새는 가까울수록 격려보다는 서로를 경계하며 지낸다. 더욱이 서로를 이해하지 못하고 오해하며 서로를 적으로 만드는 생활도 한다. 이 경계와 오해의 원인은 대상에 대한 충분한 이해를 하지 못하는 아집에 근거하는 것임을 알아야 한다.

한 가정 안에서 이루어지는 신뢰를 바탕으로 한 격려는 세상에 나아가 살아가야 하는 이에게 왜 살아가야 하는가를 알게 하는 힘이 된다. 격려야말로 엎어진 사람을 일어서게 하는 날개가 된다.

나는 가끔 친구들이 소지품을 달라고 하면 잘 주는 버릇이 있

다. 결혼하고 얼마 지나서였다. 한 친구가 시내 찻집에서 만나자
고 했다. 저녁 무렵 학교 버스를 타고 가서 찻집으로 들어갔다.
친구는 찻집 구석에 초췌한 얼굴로 앉아 있었다. 그는 내가 자리
에 앉자 부끄러운 듯이 고개를 숙이고 작은 목소리로 돈을 좀 빌
려달라고 했다. 그는 잡지사 기자 생활을 했는데 몇 달째 월급이
나오지 않고 있다고 했다. 그는 나보다 일찍 결혼해서 두 살된
아들이 있었다. 시골에서 올라와 셋방살이를 하고 있었고, 그 집
에 가본 적도 있었다. 그런데 나는 돈이 없었다. 나는 친구에게
좀 알아봐 주겠다는 약속을 하고 찻집을 나와 걸었다. 길가에 전
당포 간판이 보였다. 나는 친구를 빵집에 앉혀놓고 전당포로 가
서 시계를 잡히고 돈을 꾸어 친구에게 가서 빌린 돈을 주었다.
친구는 어디서 돈이 생겼느냐고 물으면서 곧 갚겠다고 했다. 그
는 아마 끼니조차 잇지 못하고 있는 것 같았다. 그날 저녁 집으
로 들어가는 길은 왠지 가슴이 뿌듯하고 좋은 일을 한 것 같은
기분이 들었다.

　며칠이 지난 어느 날, 아내는 시계가 없다고 했다. 나는 학교
에 벗어놓고 왔다고 말했다. 그러나 마음은 편치 않았다. 결혼 선
물로 받은 시계라 걱정이 앞섰다. 찾을 길도 막막했고 어찌할까
몰랐다. 결국 아내가 전당포에 맡긴 전표를 내 옷에서 발견했다.

전당포로 가서 시계를 잡히고
돈을 꾸어
친구에게 돈을 주었다

어디에다가 썼느냐고 물었지만 나는 대답하지 않았다. 아내는 지금까지도 시계 사건을 잊지 않고 있다. 결국 시계도 찾지 못했고 친구도 이제는 만날 수 없다. 그런데 내 마음은 아직도 편하다.

기껏 싸준 도시락을 남편은 가끔씩 산에다 놓아준다
산새들이 와서 먹고 너구리가 와서 먹는다는 도시락

애써 싸준 것을 아깝게 왜 버리냐
핀잔을 주다가
내가 차려준 밥상을 손톱만한 위장 속에 그득 담고
하늘을 나는 새들을 생각한다

내가 몇 시간이고 불리고 익혀서 해준 밥이
날개 죽지 근육이 되고
새끼들 적실 너구리 젖이 된다는 생각이
밥물처럼 번지는 이밤

은하수 물결이 잔잔히 고이는

어둠 아래

둥그런 등 맞대고

나누는 이 한솥밥이 다디달다

문성해, 〈한솥밥〉

이 시는 한 부부의 이야기이다. 기껏 싸준 도시락을 가끔 산에
다 놓아주고 돌아오는 남편에 대한 불만을 가진 아내가 어떻게
남편을 이해하게 되었는가를 상상의 눈으로 보여주고 있다. 산
에 두고 온 도시락을 새가 쪼아 먹고 하늘을 날게 되고 너구리가
먹은 도시락이 새끼들의 젖이 되어간다는 상상이야말로 남편을
이해하게 하는 길이라고 되어 있다. 그래서 결국 둥그런 등 맞대
고 나누는 이 한솥밥이 부부의 한계를 벗어나 자연의 생물과 함
께 사는 즐거움으로 발전하고 있는 것이다.

가끔 서로의 사정을 이해하지 못하고 자신의 의도만으로 이
해하려고 할 때 서로 간에 장벽이 생긴다. 인간에게는 항상 함께
한솥밥을 먹는다는 의미를 자기들만이라는 한계 안에 설정하고
살아가기에 서로 격려하고 의존하는 힘이 약해질 수 있다. 조금
만 삶의 의미를 깊이 있게 이해하고 나를 둘러싼 사람들에게 이

아내의 상상처럼 넓혀보면 결국 한솥밥에 범위는 확대되고 살아가는 의미도 충실해지리라 생각한다. 내가 아내에게 시계를 친구를 위해 저당 잡힌 이야기를 지금도 하지 못하여 아내의 가슴에 응어리가 져있으리라 생각하지만 친구를 위해 끼니라도 하라고 시계를 풀어준 자랑스러운 마음은 그대로 살아 있어서 아내의 얼굴을 보기가 민망하지 않다. 삶은 서로를 이해하는 격려가 따라가야 한다. 이 격려는 상대를 이해하는 데서 생겨난다. 그렇기에 긍정적 상상을 통해 스스로 치유하여 만들어내는 노력이 있어야 하지 않겠는가.

매일 새벽 네 시

아버지는 하루에 기차가 두 번 지나가는 조그마한 역에서 30분쯤 걸어가야 하는 야산자락에 살았다. 아버지는 새벽 서울행 기차가 잠시 역에 머물렀다가 떠나가며 울리는 기적소리에 깨어나 십리나 넘는 길을 걸어 초등학교에 다녔다. 비가 오나 눈이 오나 기차는 어김없이 역에 와서 서서 기적을 울리고 아버지는 기적소리에 맞춰 일어나 책보를 허리에 매고 학교로 갔다. 아버지의 어린 시절 이야기는 내가 대학에 가서야 들을 수 있었다. 나는 힘든 길을 걸어 초등학교에 다녔던 아버지의 고생을 어려운 환경 탓이거니 하고 생각했다. 그런데 나중에는 어린 나이에 새벽이슬을 박차고 일어나 십리 길을 더우나 추우나 학교로 가야 했던 성실함이 없었으면 아버지는 어떻게 시인이 되었을까 하고 생각하게 되었다. 나 역시 마찬가지다. 아침에 일어나 대학에 가서 강의하고 연구실에서 책을 읽고 집으로 돌아왔다. 십 년이 넘게 한 치의 오차도 없이 판에 박힌 학교생활과 일상을 보냈다. 그러던 어느 날 중학교 때 친구가 나를 집으로 초대했다. 큰 아파트였다. 호화로운 실내 장식과 소파와 모든 것이 눈이 휘둥그레질만큼 호화스러웠다. 친구는 그가 가난했던 시절의 이야기를 하면서 그의 성공을 나에게 자랑했다. 나는 그 집을 벗어나면서 허전하기만 했다. 매일 반복한 나의 생활이 별 의미가 없는 것 같고 잘 사는 친구 앞에서 주눅 드는 느낌이 들었다. 더욱이 그가 운전사가 있는 차로 나를 집 앞에 데려다 주었을 때는 힘이 빠졌다. 공부라는 것이 아무리 해도 어디 갔는지 흔적도 없고 논문 한 편 겨우 만들어내도 그렇게 큰 업적처럼 느껴지지도 않았다. 생활은 항상 그저 머물기만 했다. 그때 내가 아버지에게 교수 생활도 답답하다고 말했다. 그러자 아버지는 웃으며 너가 옆과 밑과 위를 살펴볼 줄 모르고 내가 성실하게 살아오는 것이 무엇인지를 모르기 때문에 그런 느낌이 생긴다고 했다.

그 후 나는 아버지의 시 한 편을 보았다.

고모요,

고모집 울타리에

유달리 기름진 경상도의 뽕잎,

그 뽕잎에 달빛.

가난이 죄라지만

육십 평생을,

삼십 리 밖을 모르고

살림에만 쪼들린.

손님 床에

모지러진 숟갈.

고모요,

칠칠한 그 솜씨로도

못 휘어잡는 가난을

山川은 어쩌자고

저리도 기름지고

쑥국새는 아침부터

저리도 우능기요.

고모요,

막내 고모요.

나의 생활이 별 의미가 없는 것 같고
잘 사는 친구 앞에서
주눅 드는 느낌이 들었다

花川골 진달래는

지천으로 피는데

사람 평생.

잘 살믄 별난기요.

그렁

저렁

살믄 사는 보람도 서고,

아들이 컸잖는기요.

저 덩치 보이소.

며누리 보고 손자 보믄

사람 일 다 하는거로

유달리 넓직한

경상도 뽕잎에

밤이슬은 왜이리도 굵은기요.

박목월, 〈노래〉

이 시에서 시인은 시인의 고모의 삶을 보여주고 있다. 육십 평
생을 30리 밖도 나가보지 못하고 손님상에 닳아빠진 숟가락을
올려놔야 하는 가난한 생활 속에서 살고 있다. 그렇지만 시인은

이 가난과 대치되는 자리에 쑥국새가 아침부터 우는 기름진 산천의 전경과 지천으로 피는 진달래를 보여주며 그 속에 살아가는 소박한 삶의 아름다움을 드러내 보여주고 있다. 그리고 아들이 크고 며느리도 보고 손자도 본 것이 얼마나 훌륭한 삶의 성취인가를 묻고 있다. 시인이 고모를 달래는 위로의 말속에 감추어진 것은 자연과 인간의 조화로운 삶이 바로 행복이 아니겠는가 하는 물음도 담겨있다. 그리고 고모가 살고 있는 터전 안에 뽕잎에 내려앉는 밤이슬이 이리도 굵은가 하는 물음으로 인간의 삶이 뽕잎에 내려앉은 굵은 이슬처럼 눈을 돌려 조금만 쳐다보면 현실의 어려움도 결국은 행복으로 가는 하나의 길임을 알려주고 있다.

나는 이 시에서 뽕잎에 내려앉은 굵은 밤이슬을 보지 못하고 살아가는 눈먼 생활이 나를 답답하게 만들고 비교된 삶의 사진으로 나를 막아놓고 살아가기에 진정 얻을수 있는 나의 삶의 발전적 길을 스스로 찾아내지 못하고 있었던 것이 아닌가 생각한다. 성실함. 그것은 누가 알아주는 것이 아니라 스스로 행복으로 가는 길을 차근히 찾아가며 작은 기적을 이룬 것에 만족하고 다시 한 발씩 내딛는 힘을 가지는 것일 테다.

정직하게 산다는 것

정말 세상을 정직하게 살 수 있을까? 나는 항상 이 말을 입속에 되씹고 있다. 정직이라는 말은 인간다움의 가장 아름다운 성품이지만 그렇게 하기 힘든 것이 현실이다. 옳고 그름과 달리 '정말'은 사실을 사실 그대로 드러내 보이는 것이기에 세상살이에서 '정말'은 항상 나를 괴롭히는 것이 된다.

중학교 시절이었다. 하교길에 아이들은 뽑기를 하거나 만두집이나 호떡집에 들렀다. 나는 돈이 없어 친구들이 가게에 들어가는 것을 뒤에서 보고만 있어야 했다. 나는 용돈이 필요했다. 어머니에게 아무리 졸라도 어머니의 빈손에서 용돈이 나올 리가 없었다. 그런데도 어머니는 빈손으로 장에도 가서 시장도 보아오고 또 공과금도 내고 하는 것이 마술사 같이 보였다. 나는 어머니가 어디에 돈을 감추어 두는지를 찾아내기로 했다. 학교에 갔다 오면 안방 근처에서 들락거리며 어머니가 시장에 갈 때 어디서 돈을 꺼내는가를 살폈다. 열흘쯤 걸렸을까. 어머니가 시장에 가기 전에 버릇처럼 장롱 문을 열고 그 속에서 무엇인가 끄집어낸 다음 방을 나서는 것을 알게 되었다. 나는 어머니가 시장에 간 다음 안방에 들어가 농문을 열고 살펴보았다. 며칠 고생한 끝에 이상한 점을 발견했다. 차곡차곡 개어서 쌓아놓은 이불 사이 한구석에 손으로 집어넣었다 빼낸 자국이 보였다. 손을 깊이 넣어 보았다. 돈 뭉치가 잡혔다. 나는 그 속에서 약간의 돈을 빼내어 주머니에 넣었다. 이렇게 돈을 내 주머니로 집어넣기 시작한 지가 한 달쯤 되었을까, 어머니는 학교에서 돌아온 나를 안방으로 데리고 갔다. 방 안에 앉게 하고 내 앞에 앉아서 눈을 똑바로 마주 보며 "농속에 감추어둔 돈 중에서 얼마가 없어졌는데 너가 가져갔느냐" 하고 물었다. 나는 고개를 숙여 내가 조금씩 집어갔다고 털어놓았다. 어머니는 내 머리를 만지며

"집안에 있는 돈을 집어가는 것은 나쁜 일이다. 그래도 너가 가져갔다

고 하니 마음이 놓인다. 네 동생들을 의심할 수도 있었는데 너가 정직하게 가져갔다고 하니 이번에는 용서해주겠다. 다음부터 그러지 말아라" 하고 내 등을 쳐주었다. 나는 이 사건이 여간 부끄럽지 않았다. 그 후에도 자라면서 몇번 어머니가 감추어 놓은 돈을 가져간 적이 있었지만 어머니가 물을 때마다 내가 가져갔다고 이실직고하였고 어머니는 그때마다 바르게 살아야 한다면서 나를 용서해주었다. 사실 어머니는 용서라는 말밖에 할 수 없는 처지였고 나는 반복되는 잘못을 정직하게 고백하는 수밖에 없었다.

정직하게 산다는 것은 참으로 어렵다. 더욱이 직장생활을 하면서 남과 함께 부딪히며 자기의 잘못을 정직하게 털어놓을 수 있는 용기라는 것은 어찌 보면 어리석은 일이라 말할 수도 있다.

늦게 돌아오는 아이를 근심하는 밤의 바람 소리
댓잎 같은 어버이의 情이 흐느긴다
자식이 원술까
그럴 리야
못난 것이 못난 것이
늙을수록 잔 情만 붙어서

못난 것이 못난 것이

어버이 구실을 하느라고

귀를 막고 돌아 누울 수 없는 밤에

바람 소리를 듣는다

적막한 귀여

박목월, 〈바람 소리〉

이 시를 읽을 때마다 가슴 저 깊은 곳의 회한이 나를 괴롭힌다. 당시 대학 삼학년이었던 나는 밤늦게 통금시간이 되어서야 집에 들어가곤 했다. 어머니가 일찍 다니라고 했지만 나는 친구들과 어울리는 것이 좋았고, 공부에 점점 열중하게 되면서는 늦어진다는 말을 아예 하지 않았다. 아버지가 아들에게 어떤 일이 벌어질지 근심하여 바람소리에 젖은 귀로 가슴 조이며 아파하시는 것을 전혀 모르고 지냈던 것이다. 그냥 정직하게 내 생활을 말했더라면 부모님이 기뻐하셨을 텐데 하는 후회가 든다.

직장에서 '정직하다'는 말을 듣는 것은 바른 길을 가고 있다는 칭찬이지 못난 사람이라는 평가가 아니다. 아무리 어렵다해도 정직만한 삶의 무기는 없을 것이다. 정직은 나를 믿어주는 사람을 얻는 가장 훌륭한 삶의 지혜이다.

깎다의 다의성에
관하어

하나의 언어에는 의미가 다양하게 담겨있다. 흔히들 속이라고 쓰지만 속은 열여섯 가지의 다양한 의미로 분화되어 있다. 예를 들면 속이라고 하면 마음, 위장 김치에 넣는 양념, 감정 등 많은 의미가 있는 것이다. 우리는 의사소통에서 이러한 언어의 다의 성을 서로 이해하며 해독하고 살아가고 있다.

어릴 적 어머니는 시장에 갈 때 나를 데리고 다녔다. 어머니는 콩나물 가게에 가서 백원이라고 하면 항상 꼭 "좀 깎아줘요" 하고 가게 주인 아주머니에게 말하곤 했다. 아주머니는 못이기는 척 하면서 팔십 원에 콩나물을 담아주었다. 그런데 꼭 덤이라고 해서 담고 나서 한 주먹을 더 얹어주었다 어머니는 고등어 가게에 가서는 좀 더 집요하게 깎아달라는 말을 많이 하고 백원이면 육십원까지 아주 크게 깎으려고 했다. 그것은 고등어는 생물이라 싱싱할 때도 있지만 조금 물이 갈 때도 있어서 가격의 폭이 넓었기 때문이라고 생각된다. 그런데도 어머니의 깎아달라는 조금 무리한 요구에도 가게 아저씨는 무어라고 반박하지 않는다. 항상 어느 폭 만큼은 꼭 깎아주었다. 또 어머니는 깎아달라는 말을 하고 잘 듣지 않는 것 같이 느껴지면 옆가게로 옮길 듯한 몸짓도 더러 보여주었다. 그러면 가게 아주머니는 "본전에 드려요" 하면서 깎아주었다. 나는 이 어머니의 깎아달라는 말이 조금은 부끄럽고 무리한듯이 들리고 같이 다니는 일이 창피하게 느껴질 때도 있었다.

나는 깎는다는 말이 참 싫었다. 그런데 나도 어느덧 어머니의 심부름으로 시장에 갈 때마다 깎아달라는 말을 하게 되었다. 몇 푼이라도 깎아서 물건을 사게 되면 집에 와서 어머니에게 깎았다는 것을 자랑스럽게 이야기했다. 그런데 나는 어느 날 어머니에게 깎아달라고 말하는 것이 부끄럽다고 얘기했다. 그러자 어머니는 깎는다는 것은 흥정하는 것이고 상인들도 어련히 깎을 것이라 생각하기 때문에 웃돈을 붙여놓은 것이라 깎는다는 말은 결코 그렇게 무례한 일이 아니니까 걱정말라고 했다. 제값으로 돌려놓는 것이 깎는다는 말속에 들어있다는 것이었다. 또 나는 덤은 왜 받느냐고 했다. 어머니는 웃으면서 덤은 친해서 조금 더 주는 것이라고 했다.

이제는 어머니도 가시고 내가 시장에 갈 일도 별로 없지만 요사이는 정찰제가 자리 잡고 있어서 백화점에서나 슈퍼에도 가격을 그대로 다 내고 사야한다. 그런데 이상한 것은 어제 정찰된 대로 샀는데 오늘 지나가다가 삼십프로 세일을 한다고 써붙여 놓은 것을 볼 때 속은 것 같은 생각이 들고 정찰제가 옛날 상인들이 그냥 부르던 값 같은 생각이 드는 것이다. 백화점에 가서 정찰제를 보면서 깎자고 하면 미친 사람 취급당하겠지만 이 정찰제가 하루 아침에 삼십프로씩 깎아서 다시 파는 것을 볼 때 이상한 생각이 든다. 어머니가 상인과 흥정을 하면서 서로가 맞는 가격을 만들어내고 이것을 제값이라고 생각했던 것이 나에게는 새삼스럽게 멋져 보인다. 서로 주고받는 말을 통해서 흥정한다는 것이 참으로 어려운 것이지만 적당한 선에서 서로가 만족하며 덤을 집어주던 시절이 그립다는 생각도 든다. 오늘 우리가 살아가면서 서로의 의견을 존중하고 서로가 알맞은 길을 찾아내는 일들은 제대로 할 수 없는 것은 아마 제가격이라고 붙여놓은 정찰제 때문이다. 흥정이 사라지고 편리해지긴 했지만 그것이 가지고 있는 허구를 메꾸어 갈 수는 없는 세상이 되어 버렸다. 그렇기에 세일이라는 이름으로 제가격이 내려앉는 것을 보면서 속았다는 기분이 드는 것은 오히려 투명한 상거래를 의심스럽게 만드는 것이 아닌가 생각된다.

언어의 애매성이라는 것은 다의적인 요소를 가지고 있는 언어에서부터 만들어지는 것이지만 이 애매성라는 것이 주는 환상과 상상의 넓이는 바로 언어가 가지고 있는 또 다른 기능의 하나라는 것을 생각하게 된다. 시는 항상 다의성에 폭이 넓을수록 감동의 골도 깊어지고 읽는 이의 마음에 남아있는 환상도 커지는 것임을 생각하면서 흥정의 아름다움을 어떻게 만들어가느냐 하는 것도 중요하다는 생각이 든다.

깎다라는 말은 어찌 보면 좋은 뜻도 있지만 좋지 않게 들리는 뜻도 담고 있다. 잔디를 깎다라든가 혹은 머리털을 깎다 했을 때는 정돈하다는 뜻이 되지만 물건을 깎다 할 때는 깎아내리는 의미로 폄하시키는 언어의 수가 있는 것이다. 그렇기에 흥정은 이런 양갈래의 모든 것들을 하나의 의미로 서로 공유하는 아름다움도 있으리라 생각한다.

명절날에 모인
세 며느리

마루 아래 개미들을 보면 서로 무거운 쌀알을 같이 밀고 간다. 살아간다는 것은 나 혼자 살아가는 것이 아니라 함께 일을 나누어 하며 사는 것이다. 마치 담장을 치듯 혼자 사는 것은 외로운 고행인 동시에 이루고자 하는 성과도 더디게 만들 수 있다.

우리 집에는 며느리가 셋이나 있다. 형제라고 해도 서로 살기 바빠서 만나는 기회도 많지가 않다. 가끔 만나게 되는 경우는 제사를 지내거나 명절을 맞아 모일 때가 대부분이다. 그런데 젊은 시절, 세 며느리가 큰집인 아버님 집으로 모여서 함께 일할 때면 크고 작은 문제들이 적지 않게 생겨났다. 둘째 며느리는 항상 명절 전날 저녁때쯤 나타나서 건성으로 도우다 돌아갔다. 반면 막내며느리는 며칠 전부터 큰집에 와서 일을 도우고 음식도 부지런히 장만하곤 했다. 어머니는 둘째 며느리의 불성실한 태도를 보며 걱정했다. 막내며느리가 조금이라도 불평을 할까봐 조심스럽게 막내며느리를 구슬렸다. 세 며느리가 들어오고 몇 년이 지나도 둘째 며느리는 변하지 않았다. 결국 둘째 며느리의 문제가 집안에 퍼지고 형제들 간에도 좋지 않은 기분이 들게 되었다.

어머니는 명절을 앞둔 어느 날 세 며느리를 앉혀 놓고 첫째와 셋째는 일찍 와서 음식을 장만하라고 하고 둘째 며느리에게는 따로 어떤 음식을 해가지고 오라고 시켰다. 그러자 둘째 며느리는 명절날 아침에 어디서 구했는지 음식을 사들고 왔다. 결국 이렇게 고착화되어 항상 조금 어긋난 생활을 했다. 어머니는 둘째 며느리에게 그 이상 어떤 이야기도 하지 않고 첫째와 셋째에게 칭찬만 더 하면서 살았다.

나는 그럴 때마다 말은 못했지만 조금만 더 이해를 해주면서 지냈다면 어머니가 얼마나 편했을까 하는 생각을 지금도 하고 있다.

세 며느리가 함께 일할 때면
크고 작은 문제들이
적지 않게 생겨났다

새끼 낙타에게 젖 주기를 거부하는 어미 낙타의

거친 마음 달래려고 두 몽골 늙은이

한 사람만 서서 낙타의 귀를 어루만져주고

한 사람은 앉아서 악기를 부나니

아주 오래된 옛 몽골 악기

구슬픈 가락을 불고 또 부나니

낙타의 커다란 눈망울에서

마침내 한 방울 눈물이 흘러내림

삐쩍 마른 새끼 낙타

마침내 감로 같은 젖을 빨기 시작

경사 났도다 경사 났도다 몽골 사막에

박희진, 〈낙타의 눈물〉

이 시는 몽골의 민설에서 유래된 이야기를 소재로 쓴 것이다. 두 몽골 늙은이가 어미낙타가 새끼에게 젖을 주기를 거부하고 있을 때 한 사람은 낙타의 귀를 어루만지고 한 사람은 오래된 옛 몽골 악기로 구슬픈 가락을 불고 불어서 오랜 시간 만져주니 어미낙타가 커다란 눈망울에 눈물을 쏟으며 삐쩍 마른 새끼낙타에게 젖을 빨게 했다는 단순한 이야기다. 이 두 늙은이의 협동이 참으로 특이한 것이기는 하지만 힘을 합하여 새끼에게 젖을 먹이게 한 이야기는 눈물겹다. 우리는 대게 서로 협동을 한다고 하지만 서로가 어떤 일을 나누어 한다는 개념을 가지고 있을 뿐이다. 귀를 만지는 위로와 다독거림, 오래된 악기로 구슬픈 가락을 불고 부는 감정의 호소를 어미낙타에게 보내는 행위는 협동을 뛰어넘는 의미가 담겨져 있다. 이는 젖을 주지 않는 문제보다 어미의 모심에 호소하고 이를 자극하는 방법을 서로 나누어 이행한다는 보다 높은 감성적 접근을 이 두 몽골 늙은이는 가지고 있었던 것이다. 협동은 일의 협동만 아니라 마음의 협동이 우선이 되어야 성과를 극대화하는 길로 가지지 않을까 생각한다.

사람다움의 징표

책임감은 맡은 일에 대한 자각을 통해 이를 잘 해내려는 자의적인 인식의 하나라고 할 수 있다. 의무감은 자신에 주어진 임무를 자각하는 것에 그친다면 책임감은 의무감에서 한 발 더 나아가 자신이 주어진 일에 대한 모든 수행 과정을 스스로 확장하여 그 성공과 실패에 대해 그 결과까지도 짊어진다는 뜻이다. 흔히 조직 안에서 "내가 책임지지"라고 하지만 이 책임의 소재는 당사자가 짊어지기 보다는 관여한 사람 아니면 나 아닌 다른 이에게 돌리는 경우를 흔히 볼 수 있다. 이처럼 책임감은 자의적인 해석에 따라서도 달라질 수 있고 이를 잘 활용할 때 능력을 인정받을 수 있는 사다리도 될 수 있다.

그런데 책임이라는 말과 책임감이라는 말 사이에는 큰 차이가 있다. 명시적으로 책임을 진다는 것과 책임에 대한 명시적 의미를 벗어나 스스로 맡은 책임을 확장하여 자신의 것으로 해석한다는 것은 일을 수행해 나가는 것이 다르다. 미국에 사는 손녀가 학교에서 울면서 집에 왔다고 했다. 선생님이 팀 프로젝트를 주었는데 제출할 날짜가 다가오는데 같이 맡은 네 명이 손녀의 얼굴만 쳐다보고 떠맡겨 놓았다. 이 프로젝트가 성적과 있어서 공동으로 성적이 나오는 것이라 손녀는 답답했다. 그래서 혼자 프로젝트를 했다. 제출 날짜가 다가와서 빨리 끝내야 하는데 같은 팀 아이들은 집에 가고 혼자 남아 일을 하다가 힘이 들어 교실에서 울었다. 그때 퇴근하시던 선생님이 손녀를 발견하고는 "울지 마. 네가 혼자서 힘들게 다하고 있는 것을 내가 다 안다. 울지 마"하고 등을 두드려 주었다. 손녀는 엄마에게 울면서 그가 겪었던 어려움을 이야기하고 선생님이 괜찮다고 했다면서 눈물을 닦았다고 했다. 나는 이 이야기를 듣는 동안 마음이 먹먹해졌다. 어린 것이 얼마나 고생했을까 하는 생각이 들었다. 손녀가 성적에 집착한 것 때문이었을까 하는 생각도 했다. 그러다가 며칠 후 전화를 했다. 얼마나 힘들었냐고 위로의 말을 하자 손녀는 웃

으며 "같은 팀은 친구잖아요" 하며 "난 혼자 해도 괜찮아요" 하는
것이었다. 어린 것이 그가 맡은 일이 혼자의 힘으로라도 팀 전체
를 위해 해야 한다는 책임감을 가졌음을 느꼈다. 내가 우리 가족
의 생계를 책임지고 있어서 나 자신을 절제하듯이 아이들은 자
신들이 속한 사회 안에서 그가 해야 할 일을 찾아 할 수 있게 하
는 것이 책임감이라는 생각이 들었다.

바닷물 밖으로 던져진 한 마리 새우처럼
팔 다리 오그려 영어 글자의 C로
잠들어 있을때 나도 모르게 다가와
이불을 가져다 덮어주는 한 사람이 있다면
인생은 잠시 덜 억울해도 좋으리

번번이 젊은 날 책을 읽다가 잠이 들면
고달픈 이마를 짚어 말고 따스한 손으로
어루만져주는 램프의 불빛인양
보이지 않는 마음의 불빛으로
생각해주는 사람 있다면

인생은 잠시 행복한 것이라고
오해하거나 착각해도 좋으리.

나태주, 〈잠시〉

책임감은 이 시의 '보이지 않는 불빛'처럼 자신의 인식과 마음에서 우러나오는 자각에서 생겨나는 것이다. 대학에 다닐 때 나는 종로에 있는 외국에서 수입하는 원서를 파는 서점에 자주 들렀다. 그 서점에 점원은 나이가 나보다 훨씬 많은 중년의 아저씨였다. 내가 서가를 천천히 훑어보고 있으면 내 뒤에 서너걸음 떨어져 서 있었다. 그러다가 내가 신간을 살펴보고 빈손으로 돌아서면 가까이 다가와 "찾는 책이 없어요?" 하고 물었다. 내가 "아니요" 하고 대답하면 그는 꼭 "가지고 싶은 책은 가지셔야지요" 하고 말을 했다. 나는 아저씨가 남의 주머니 사정은 알지도 못하고 돈이 없어서 책을 놓고 가는 내 심정에 불을 지른다는 생각만 들었다. 그런데 매번 갈 때마다 이런 일이 반복되자 아저씨는 내가 원하는 책의 종류가 어떤 것이고 내가 놓고나오는 책이 무엇인지를 알고 있는 것 같았다. 어느 날 정말 내가 필요로 하는 책이 있었는데 돈이 없어서 뽑았던 책을 거꾸로 꽂아놓았다. 남이

자신들이 속한 사회 안에서
그가 해야 할 일을 찾아
할 수 있게 하는 것

무슨 책인지 잘 모르게 하기 위해서였다. 그리고 나서 서점 문을 나서려고 하는데 아저씨가 내 등을 쳤다. 한 손에 내가 거꾸로 꽂은 책을 들고 있었다. 내 손을 잡더니 카운터로 가서 책을 내밀고 책값 전표를 받더니 아저씨가 싸인을 했다. 나는 그 책을 들고 집으로 왔다. 그 후 나는 아저씨의 싸인을 얻어 책을 외상으로 가져올 수 있게 되었다. 몇 년이 지나서 알고 보니 아저씨가 책임을 진 것이었다. 내가 책값을 제때 내지 못하면 월급에서 공제하며 나를 도와주었던 것이다. 그가 오지랖이 넓었던 걸까 아니면 판매원의 직책을 확대해석한 책임감이 이런 일을 하게 한 것일까? 아저씨는 의무를 더한 책임을 나름대로 선하게 알고 있었던 것이 아닐까.

지금 병원에서 목숨을 담보로 메르스 환자를 돌보는 의료진은 그가 맡은 의무가 아닌, 책임감에 밤잠을 설치며 사투하고 있는 것이다. 조그마한 인기를 끌려고 남의 잘못만 깃발처럼 들고 다니는 사람들과 다른 것이다. 책임감은 사람다움의 징표다.

믿음을 지니는 것

　인간과 인간 사이에 신뢰가 허물어지면 서로를 의심하게 하고 항상 불안한 생활을 하게 된다. 부부간에 신뢰가 무너지면 모래알 같이 부서져버린 관계가 되고 동료 간에 믿음을 잃게 되면 동료는 항상 나를 둘러싸고 있는 철조망처럼 감시의 벽이 되고 만다. 그러기에 신뢰는 모든 인간관계를 올바른 길로 인도하는 나침반이 되는 것이다.

　젊을 적 한 친구가 있었다. 그가 고등학교 국어 선생으로 취직한지 얼마 되지 않았을 때였다. 내 직장으로 퇴근 무렵 전화가 왔다. 종로 근처 다방에서 만나자고 했다. 우리는 직장 초년 때라 회사가 끝나면 명동이나 소공동에 있는 찻집에 모이곤 했는데 그날만은 종로에서 보자고 했다. 해가 뉘엿뉘엿 지고 있을 무렵 다방문을 열고 들어섰다. 친구는 구석자리에서 손을 들었다. 차를 주문하고 나자 친구는 심각한 얼굴로 입을 열었다. 그는 지방에서 올라와 누나네 집에 얹혀살다가 선생님으로 취직을 하게 되었다. 처음 직장생활을 하며 옆자리에 앉은 선배 선생과 자연스럽게 친해졌다. 그러던 어느 날 선배 선생이 아들이 큰 병에 걸렸는데 병원에 갈 목돈이 없어서 걱정하는 것을 보았다. 그는 며칠을 마음속에 고민하다가 돈을 마련해 보겠다고 선배 선생에게 약속을 했다. 그리고 누나에게 졸라서 남에게 돈을 빌려 주었다. 그런데 선배 선생이 한 달 안에 갚기로 했는데 한 달이 지나도 갚지를 않았다. 누나는 빌려간 돈을 갚으라고 해서 할 수 없이 다른 친구에게 부탁해 다시 돈을 빌려 누나를 주었는데 이제는 친구가 돈을 갚으라고 했다. 할 수 없이 선배 선생 집을 어느 날 밤 찾아가 보니 산동네 판자촌에 아이만 넷 데리고 아내도 없이 살고 있었다. 그래서 그냥 나올 수 밖에 없었다는 것이 친구의 이야기였다. 월급 가지고는 도저히 남의 돈을 갚을 형편이 못되고 이자만 갚아가다 보니 항상 궁하게 되어 여러 사람에게 신용을 다 잃어버렸다고 했다. 나는 그와 한참을 이야기하였지만 나 역시 월급도 제때 나오지 않는 달이 많은 회사여서 뭐라 할 말이 없었다. 나는 주말에 다시 만나자고 했다. 그리고 다른 친구들에게 주말에 소공동 다방에서 만나자고 했다. 토요일 오후 다섯 친구들이 모여 앉았을 때 신용을 잃은 친구 이야기를 숨김없이 했다. 그리고 우리는 다섯 몫으로 나누어 돈을 마련해 보기로 했다. 그리고 그 다음 주말 친구에게 주었다. 친구는 일 년 반에 걸쳐 친구들에 돈을 다 갚았다. 결국 그 친구는 선배 선생에게 돈을 돌려받지는 못했다. 살다가 보면 가끔 이런 친구를 만나게 된다. 나는 그럴 때마다 흘러간 옛 일을 떠올리며 신뢰는 잃는 것은 반드시 악의적인 의도에서 생겨나는 것이 아니라는 생각을 하게 된다. 지나친 관용이 엉뚱하게도 신뢰에 금을 가게 하고 또 너무 가볍게 문제를 생각하는 데서도 생겨나는 것이다.

까치밥으로 남겨놓은 감들을 올려다 보며
가끔 아득한 척도 해보자
손에 잡힐 듯 눈앞에서 흔들리고 있지만
까마득하게 바라보자

뜬 소문으로만 믿었던 아버지의 스캔들이
육하(六何)원칙을 맹신했던 동생의 집요함으로
탄로 났을때 한없이 무심하기만 했던
아버지의 마음속 아득한 곳에서 얄궂게
몸 사리고 있을 거라고 믿었던 손톱만큼의
가족애마저도 박살이 나고 말았으니

한번 봉인된 사연은
그대로 두어야 한다
얼굴 들이 밀어서 될 일이 아니다

아득한 하늘 그 하늘 바래기로
떠 있는 감알들아 아득하거라
하늘 바래기인지 가치밥인지 증거하지 말고
그저 아득하거라

정여운, 〈아득한 것을 위하여〉

이 시는 아버지의 스캔들을 덮어두어도 좋으련만 참지 못한 동생으로 인해 밝혀져서 가족이 입은 상처를 소재로 하고 있다. 이 시를 신뢰의 범위 안에서 해독하게 된 것은 신뢰는 믿는 마음의 그릇에서 만들어져야 한다는 점이다. 비록 믿음을 져버리고 자신이나 남을 괴롭히는 경우가 있다 하여도 '아득하게'라는 말처럼 의미가 지워져 버린 빈 공간처럼 그렇게 바라보는 지혜가 결국 나와 또 다른 사물을 불신이라는 지옥으로부터 건져 올려 줄 것이라는 시인의 마음을 알아차릴 수 있다. 그렇기에 스스로를 믿는다는 것은 참으로 힘든 일이고 또 남을 믿는 다는 것은 더욱이 힘든 일이다. 그렇다고 신뢰가 하나의 증거처럼 눈에 꼭 드러나는 것만은 아니다. 석탑을 쌓을 때 하나하나의 돌들이 서로 의지하여 탑을 만들어 가듯이 그렇게 인간의 품속에 진실함에 대한 욕망을 가지고 말이나 행위 하나를 새겨가는 것이 그리고 '아득하게'라는 말처럼 포용의 붓으로 세상을 바라보는 것이 필요할 것이다.

가장 가깝고도 먼 관계

　사춘기 자녀를 가진 집에서 어머니와 딸, 아니면 아버지와 아들 사이에 알 수 없는 장벽이 생겨 부모들이 마치 살얼음판을 걷듯이 지내는 것을 흔히 볼 수 있다. 이 갈등이 발전해 결국 성인이 되어 부모와 자식 간에 돌이킬 수 없는 매몰찬 관계로 발전하는 경우도 있다. 나는 이런 일들을 보면서 나 자신이 겪었던 부모에 대한 몇 가지 기억을 떠올렸다.

　내가 처음 선생이 되어 학교로 출근하는 날이었다. 그날 아침 동생 넷은 밥상에 앉은 나에게 "첫 월급 타면 용돈 좀 줄 거지?" 하며 내 얼굴을 보았다. 나도 흔쾌하게 "그래" 하고 대답했고 소란스런 웃음과 함께 온가족의 축복 속에 현관으로 갔다. 현관 마루에는 흰 보자기로 싸여진 도시락이 있었다. 어머니가 도시락을 챙겨가라고 했다. 그런데 나는 도시락이 싫었다. 중학교와 고등학교를 거치면서 도시락을 들고 가야했던 나는 사회에 첫발을 디디며 또 도시락을 들고 가야 하는 게 마음에 들지 않았다. 어머니는 대문 밖까지 도시락을 들고 따라 나왔지만 나는 얼른 버스에 탔다. 그리고 며칠간 어머니와 나는 도시락 전쟁을 벌였고 얼마 안 가서 어머니는 나에게 도시락주기를 포기했다. 이 조그마한 사건은 어머니와 나 사이에 가느다란 갈등의 틈을 만들었다. 나는 어머니가 나에게 보여주는 사랑의 표현이 부담스럽고 때로는 낡아보였고 남 보기에 부끄럽게 여겨졌다.

시간은 흐르고 결혼을 하고 아들을 낳았다. 어린 손자를 안고 어머니 집에 가면 어머니는 옷을 두껍게 입혀서 다니지 않는다고 하거나 우유보다 모유가 좋은데 아내가 우유로 아이를 키우려 한다든가 하면서 변한 육아법을 생각하지 않고 옛것을 고집했다. 결국 나는 어머니의 관심을 간섭으로 여기는 경우가 많아졌다. 그러다가 나이가 들어가자 내 생활의 중심에 어머니와의 관계는 어머니는 나이가 든 사람이라는 고정관념이 굳어지고 어머니의 말에 귀를 닫는 경우가 많아진 것이다.

시간은 흐르고
결혼을 하고
아들을 낳았다

어머니는 상경했다 1964년 초 겨울이었다 역마다 서는
완행열차는 경상북도 봉화에서 청량리역까지 9시간 걸
렸다

나는 청량리역으로 마중을 나갔다 어머니는 비녀를 꽂
은 머리에 큰 보퉁이를 하나를 이고 내리셨다 고추장 항
아리에 깻잎장아찌 쌀 한말을 싼 보퉁이에는 큰 장닭 한
마리가 대가리를 내밀고 있었다

청량리에서 25원하는 전차를 탔다 사람들은 맨드라미처
럼 새빨간 닭 볏이 신기한 듯 유심히 들여다 보았다 나
는 닭대가리를 보퉁이속으로 꾹꾹 눌러 넣어도 힘센 장
닭은 계속 꾹꾹거리며 대가리를 내밀었다

자식에게 먹이려고 잡아온 장닭은 생각지도 않고 나는
자꾸 창피하게만 느껴졌다 어서 빨리 전차에서 내리고
싶었다 동대문에서 왕십리 가는 전차를 다시 갈아 탔다

전차는 땡땡거리며 가도 가도 왕십리는 멀기만 했다 닭
보퉁이 안고 있는

내 손가락 끝에서 지독한 닭똥냄새만 났다

권달웅, 〈먼 왕십리〉

이 시는 어머니가 촌에서 들고 온 장닭 때문에 사람들 앞에서 창피했던 젊은 날의 한 삽화를 보여주고 있다. 부모에 대한 마음의 길은 이 후회와 부끄러움의 마음에서 참다운 어머니의 마음을 알아보는 열쇠를 찾아야 하는 것이다. 나 역시 아버지가 돌아가시고 얼마 후, 큰 병에 걸려 병원에 입원했다. 어머니는 새벽에 죽을 들고 병원에 왔다. 나는 수저를 들고 죽을 떠먹다가 깜짝 놀랐다. 누구도 나의 아픔을 몰라주고 배고픔을 알아주는 이가 없을 것이라 생각하니 바로 부끄러웠다.

효는 '어머니에게 잘 해드린다, 아버지에게 잘 해드린다' 이런 것에 대한 것이 아니다. 서로 간에 잘 해준 것을 알고 그것을 부끄럽게 생각하고 내가 해드릴 수 있는 마음을 가지는 데서부터 효의 본질이 만들어지는 것이라 생각한다. 서로 "고맙다" 하며 나를 알아준다는 생각이 없다면 효를 이끌어갈 수 없을 것이다.

고맙습니다

사회 안에 산다는 것은 공동체 안에 서로가 서로에게 기여자로서 살아감을 의미한다. 나와 우리가 함께 사는 지혜는 사회를 하나의 공동체로 만드는 힘이 된다.

매일 아파트 엘리베이터에서 출근하는 이웃들을 만난다. 어느날 유치원 다니는 것처럼 보이는 어린아이가 백팩을 메고 탔다. 그가 나를 아래위로 훑어보더니 몇 평에 사느냐고 물었다. 웃기만 했다. 어느 집에 사느냐 하는 것과 몇 평에 사느냐 하는 것은 다르지 않은가. 왜 이런 일이 생길까 생각했다. 우리 사회가 안고 있는 다른 면을 보는 듯했다.

그런 일도 있었지만, 보통은 깨끗하게 정장을 입고 단정한 모습으로 출근하는 이웃 가장들을 만나는 것이 나의 일상이다. 나는 가벼운 목례를 하고 1층에 내린다. 그러면서 목례만 하고 내리는 것에 조금은 미안한 생각이 든다. 미안한 생각이란 다름 아닌 다정하게 인사하지 못한 것에 대한 아쉬움이다.

나는 천천히 걸어가며 또 나 자신의 주변을 살펴본다. 신발, 옷, 내복, 내 주머니 속에 들어있는 돋보기… 이런 것들이 아무것도 아닌 하찮은 것이지만 내 생활을 만들어가는 필수적인 도구다.

이 모든 것은 내가 만든 것이 아니다. 나 아닌 다른 이들이 만들어준 것이다. 그러면서도 조금도 고마운 마음이 들거나 그들의 노고에 대하여 생각해본 적이 없다. 우리의 삶을 영위해나가는 데 있어서 필요한 일들과 또 풍요롭게 살아갈 수 있도록 만들어내는 사람들과 함께 자리하고 있다는 사실을 나는 잊고 살았던 것이다.

사회를 쳐다보는 눈은 따라서 서로 필요한 사람으로 인정하고, 고마움을 드러내는 자리에서부터 공동체라는 인식을 가지게 되는 것이다. 옛날 우리가 품앗이하며 살아온 시절처럼 그렇게 살 수는 없지만 서로 필요한 존재로서 인정하고 살아가는 삶의 정신이야말로 바로 사회관을 만들어내는 기본이 된다.

위로받고 싶은 사람끼리
한집에 삽니다.

사랑받고 싶은 사람끼리
한솥밥을 먹습니다.

이슬 눈빛, 웃는 손길
서로 주면 서로 받는
단순한 일, 정직한 상식
하얗게 치매처럼 지워버립니다.

위로에 허기진 사람끼리
짝사랑에 목 타는 사람끼리

한집에서 한솥밥 먹으며
슬프게 삽니다.

임성숙, 〈간단한 상식〉

임성숙 시인이 쓴 이 시는 한 가정에 살면서 서로 쳐다보지 않고 살아가는 오늘의 각박한 가정풍경을 잘 드러내고 있다.

우리는 사랑받고 싶어 하고 위로받고 싶어 하고 따뜻한 마음을 주고 싶어 한다. 그런데 서로 이런 것들을 이해하지 못하고 느끼지도 못하면서 살아가는 가정은 삶의 본질을 잃어버린 생활을 한다.

산은 오를수록 낮아지고 바다가 깊을수록 어두워지는 것처럼 낮고 어두운 것, 높고 밝은 것은 어디엔들 있겠지만, 벼랑에 누워 있는 가시덤불 하나도 바람에 바르르 떠는 것을 보면 바다와 산이 이 가시덤불과 어울려 살아있는 것을 볼 수가 있지 않겠는가.

사회도 마찬가지다. 서로 필요한 사람에 그치는 것이 아니라 서로 사랑하고 이해하고 포용하고 친숙하게 지낼 수 있게 되는 것이야말로 아름다운 사회를 만들어가는 힘이 된다. 다른 사람과의 관계를 이해하는 것이 바로 사회관이다. 그래서 어울려 살아간다는 것은 나와 다른 이들이 인간다운 삶의 목표를 서로 이해하고 협동하며 사는 것이라 생각한다.

이스탄불의 밤

9월에 한터문학심포지움에 참가하기 위하여 이스탄불을 가게 되었다. 일행들은 하루 일찍 떠나고 나는 다음날 혼자 터키 항공을 타고 떠나게 되었다. 인천 공항에서 터키 항공을 오후에 탔다. 처음 타보는 터키항공이라 낯설었다. 비행기도 작고 의자도 좁았다. 의자 앞에 놓인 모니터에는 모든 연예 프로나 영화는 영어나 터키어로 더빙이 되어 있었고 자막조차 한글은 나오지 않았다. 이스탄불에 열두 시간 반 만에 도착했다. 오후 5시가 지난 시간이었다. 생전 처음 이스탄불공항에 내려서니 마치 중동 한가운데 던져진 기분이었다. 겨우 이스탄불 시내로 들어서서 호텔을 찾았다. 서울의 명동 안에 있는 호텔처럼 이스탄불의 번화가 안에 호텔이 있었다. 그날 저녁이었다. 먼저 간 일행들을 만나고 저녁식사가 끝난 다음 호텔 주변 거리로 나와 보았다. 세계 각지에서 온 관광객들이 가방을 끌고 길을 무리지어 다니고 있었다. 그리고 길가에는 음식점들이 줄지어 있었다. 몇몇 사람과 어느 음식점에 들어갔다. 생맥주 한 잔씩을 앞에 놓고 담소를 나누었다. 이슬람 국가라 길에서는 술을 팔지 않는데 외국인을 위해서 음식점 안에서는 술을 팔고 있었다. 그런데 우리가 앉은자리 옆에 터키인으로 보이는 남자들이 앉아있었다. 그들은 몇 가지 음식을 앞에 놓고 이야기를 나누고 있었다. 우리가 두어 시간 이상 머무르다 일어서는 동안 옆자리의 터키 사람들의 테이블에는 음식만 있고 술은 없었다. 그런데 이들은 열심히 대화에 열중해있었다. 아무 것도 아닌 거 같은 이들의 대화 모습을 보면서 색다르게 느껴졌다. 한국에서 남자들끼리 모여 앉으면 먼저 소주 한잔을 권하고 또 이야기가 무르익을수록 소주잔이 오고 가는 것에 익숙해있던 나에게는 물만 놓고 모여서 몇 시간이고 이야기하는 것이 전혀 눈에 익지 않았다.

그날 밤 호텔방에 들어와 침대에 누웠다. 아직 이스탄불시간에 시계를 맞춰놓지 않았다. 그때였다. 갑자기 확성기로 우렁차게 코란을 외우고 북치고 소리치고 하는 시끄러운 소리가 들렸다. 나는 호텔창문의 커텐을 열고 밖을 보았다. 나지막한 호텔들 저편으로 시꺼멓게 사원이 보였다. 그 사원에서 퍼져나가는 소리였다. 다시 나는 커텐을 치고 침대에 누웠다 피곤하긴 했지만 이국의 첫날밤이라 잠이 오지 않았다. 얼마를 뒤척이고 있는데 다시 소란스럽고 큰소리가 울려퍼졌다. 몇 시간 전에 사원에서 울려퍼지던 소리였다. 도저히 잠을 잘 수 없을 정도로 큰소리로 울리는 코란을 외치는 소리와 북소리와 또 어쩌면 남자의 갈구하는 구호 같은 소리가 불안감이 들만큼 위협적인 소리로 들렸다. 그리고 한 시간쯤 후에 그치고 다시 잠을 청했다. 그러다가 또 큰소리에 잠을 깼다. 그리고 다시 소리를 듣다 또 다시 잠을 잤다 몇 번을 그러고 나서 새벽 5시에 큰소리에 일어났다. 나는 어쩔 수 없이 호텔 로비로 내려가 보았다. 카운터에 있는 젊은이는 의자에 앉아있었다. 나는 호텔문을 밀고 나와 거리에 나섰다. 그때 흰옷을 입은 이슬람교도들이 짝을 지어 걸어가는 것이 보였다. 또 그 뒤로 검은 옷을 입은 이슬람 여교도들이 걸어가는 것을 보았다. 아마 사원에서 기도를 드리고 돌아가는 것이 아닌가 하는 생각을 했다. 그때였다. 골목에서 젊은 여인들이 나오고 있었다. 검은 블라우스와 짧은 검은 스커트를 입고 있었다. 밤새 놀다 집에 가는 것 같았다. 이 젊은 여성들은 아마 유흥가에서 밤을 보낸 여인으로 생각되었다. 나는 사원에 가서 기도하는 사람과 술집에서 밤을 보내고 새벽에 집으로 돌아가는 여인들 사이에서 이스탄불에 새벽풍경을 보고 있었다. 그리고 아침 9시에 이스탄불 시청 청사 안에 있는 심포지움 장소로 버스를 타고 갔다. 이 심포지움 장소는 시청의 별관처럼 심포지움 행사를 위한 모임의 장소였다. 아침 10시에 심포지움이 시작되고 12시가 되자 그 장소에 특별히 시장이 베푼 점심만찬을 가지게 되었다. 심포지움은 다시 시작되어 오후 5시 반에 끝났다. 일행은 버스를 타고 다시 호텔로 왔다. 호텔에서 시내 구경을 나갈까 해서 시간을 물어보니 이미 7시가 지나서 그랑바자르와 같은 명소가 문을 닫았다고 했다. 나는 처음 와서 가본 호텔 옆 거리의 어느 음식점에 들어갔다. 모여서 오늘 있었던 심포지움의 성과와 터키학자들의 의견들을 다시 이야기하며 생맥주 한 잔을 마셨다. 그리고 호텔에 돌아왔다. 그날밤도 사원의 큰소리 때문에 잠을 설치고 다시 아침 9시에 심포지움 장소로 갔다. 그날도 5시반에 끝났다. 다시 시청에 문화국장이 주최하는 만찬을 시내 어느 공원 안에 있는 레스토랑에서 가지고 다시 버스를 타서 호텔에 가니 8시가 다 되었다. 나는 다시 그 근처 음식점에 가서 생맥주를 마셨다.

다음날 아침 모두 이스탄불 공항에서 지방으로 향하는 비행기를 탔다.

나는 이스탄불의 밤을 호텔 주변의 거리에 있는 음식점 두곳에서 보냈다 거리에 다니는 사람도 관광객만 보았을 뿐이었다. 겨우 음식점 앞에서 부르는 청년이나 물건을 들고 사라고 내 옆에 붙어서서 조르는 이를 만났을 뿐, 다른 사람은 구경도 하지 못했다. 그래서 이스탄불은 나에게는 캄캄한 밤처럼 아무것도 아는 것이 없는 도시가 되고 말았다. 그러나 그 도시에서 장님처럼 보낸 이틀이야말로 나에게는 이스탄불에 대한 또 다른 환상을 지니게 했다. 이 환상은 터키의 이스탄불이 어떻게 동서양의 중심에 서서 그 위대한 역사의 흐름을 거쳐 지금의 터키로서 지내고 있는가에 대한 궁금증을 낳게 했고 이 궁금증은 심포지움에서 터키학자들이 그들의 오늘의 문학에서 휴머니즘적 사회주의라는 잘 알 수 없는 주제를 특색으로 지적한 것을 기억하게 했다. 그것은 불합리적이고 독단적이라도 그들이 그들만의 정신과 세계를 가지고 있음에 대한 나대로의 해석을 갖게 했다. 나는 이스탄불의 밤을 깜깜하게 보냈다.

낙타와 사막에 관하여

메르스 때문에 온 나라가 공포에 떨어야 했다. 나도 덩달아 마스크를 쓰고 지하철에 앉아 있어야 했다. 이제 겨우 숨통이 트였는지 마스크 쓴 이가 드물어졌다. 홍콩 독감이나 사스 등 역병이 돌 때마다 사람들은 움츠러들게 되고 경기는 하강해서 살기가 더 어려워지기도 한다. 혼자는 살 수 없는 세상이라 당연한 것이 겠지만 너무 심하게 사람들을 전염병의 공포로 밀어가는 사람들이나 아니면 마치 무슨 기회라도 잡은 듯이 공포감을 자기의 속셈을 위해서 소리치는 이들을 보는 것도 더 힘들어지는 상황이 되고 있다.

우연히 이런 시를 발견했다.

낙타는 긴 속눈썹 끝에 지평선이 걸린다 낙타가 지나가
면 그리운 냄새가 난다
낙타는 묵묵히 제 길을 간다 서걱이는 모래바람에 모래
는 태어날 때부터 이미 늙어
눈물이고 황혼이다 나와 나 아닌 것들의 벽이 무너지고
지도에도 없는 모래길이 되는
타클라마칸사막 이미 나는 중심의 시간에서 멀어져 있
다 낡은 흑백사진 속 부풀었던
사랑이 꺼지듯 눈꺼풀이 자꾸 감긴다 세상과 접촉이 끊
겨 길이 보이지 않는다 길이 보이지 않아 몇 날 몇 밤을
새운 후에야 소리없는 유성으로 발을 옮긴다 그래도 주
저앉아 버리고 싶었던 굳은 살 박인 무릎은 걸음을 포기
할 수 없다 아득한 메아리
낙타는 터벅터벅 걸음을 뗀다 목 축일 우물 하나 없이
초저녁 맑은 허기가 돋친 혓바닥처럼 핥고 지나간다

조서희, 〈낙타〉

옛날 고등학교에 다닐 때 내 뒤에 앉아 있는 친구가 있었다. 그는 우리 반 아이들과 달랐다. 그가 고등학교에 다닐 때 육이오 한국전쟁이 터졌다. 그는 용감하게 고등학생으로 학도병에 지원하여 전선에 나갔다가 다시 해병대 정규 군인으로 일선에서 적과 싸웠다. 그러다가 휴전이 되어 제대를 한 다음 다시 고등학교에 돌아왔다. 그래서 한 반에 같이 있었지만 마치 큰 형처럼 우리들보다는 한참 성숙한 학생이었다. 그가 쉬는 시간에 일선에서 겪은 전투담을 털어놓을 때면 책상 위에 올라간 그를 중심으로 한 뭉치가 되어 듣곤 했다. 그는 해병대 상사로 제대를 해서 교련선생이 지긋지긋한 교련시간에 교실에서 쉬게 했다. 가끔 점심시간에 그는 우리와 함께 뒷산에 올라가기도 했다. 그리고 나무그루에 앉아 이야기를 하다가 지치면 유행가를 불렀다. 우리는 유행가보다는 미군 방송에서 팝송을 들었고 열성적인 아이가 영어로 된 노래가사를 적어오면 베껴 쓰기 바빴다. 그래서 그의 유행가는 특별했다. 군가도 더러 섞어서 부르기도 했지만 우리에게 놀라운 것은 그의 유행가였다. 지금 나는 그의 노래를 다 잊었지만 아직도 기억나는 것이 '사막의 길'이라는 노래 가사이다. 그는 사람이라는 구절을 부를 때면 눈을 하늘로 뜨고 심각하게 무엇에 홀려버린 사람처럼 보였다.

그의 이상한 표정과 몸짓을 보면서 전쟁에서 총을 쏘고 참호에서 비 오듯 쏟아지는 포탄을 견디며 목숨을 부지하는 것이 얼마나 힘들었을까 하는 생각을 할 때도 있었다. 그렇지만 어린 우리는 그를 잘 해독할 능력이 없었다. 우리와 다른 세계에서 온 이방인처럼 변두리만 빙빙 돌며 그에 대한 나름대로의 상상만 펼쳤다. 나는 조서희 시인의 시를 읽으며 〈낙타〉로 포상한 삶의 세계를 다시 한 번 생각해보았다. 비극적 시선으로 인생을 바라보지 않더라도 우리는 낙타의 삶과 유사한 또 다른 삶의 세계를 지니고 있는 것이 아닐까. 이 시의 초점인 '굳은 살 박인 무릎'으로 걸음을 포기할 수 없어 다시 세워 걸어가야 하는 것이 바로 삶을 짊어진 인간의 숙명이다. 이 숙명이 눈앞에 펼쳐 보이는 것은 살아있다는 것에 대한 안도일 수도 있는 것이다. 하루하루 살아가야 하는 인간에게 비록 앞길을 보이지 않고 어제와 오늘이 사막처럼 지평선한에 매몰되어 있어도 제 갈 길을 묵묵히 갈 수밖에 없는 생명의 시간들이 바로 안도의 바닥에 깔려진 인간이라는 본연에 대한 깨달음이 될 것이다. 세상에 살면서도 세상과 끊어진 듯이 느껴지는 깊은 고적의 발길은 바로 살아있음을 증거하는 행위이기 때문이다. 시인은 인간이 지닌 막막한 삶의 저편을 우리에게 낙타의 걸음으로 알려주고 있다.

이 낙타와 사막의 상관처럼 인간과 현실의 상관속에 감추어진 고난의 고적함을 대로는 느껴보게 된다. 낙타라는 말만 들어도 깜작 놀랄 이도 있겠지만 낙타의 걸음처럼 현실을 살아가고 있는 사람들이 바라보는 그 막막함을 가슴속에 품고 있는 이도 있으리라 생각한다. 휴가를 가는 이들이 많아진다. 마음에 무거운 짐들을 다 내려놓고 돌아오기를 빈다.

꽃이 진다고
끝은 아니다

마음에는 밝음과 어둠이라는 두 가지 대칭적 색깔이 숨어 있다. 그러다가 어떤 문제에 부딪치면 마치 동서로 혹은 남북으로 서로 다른 방향의 길을 떠올리게 된다. 그렇기에 명암의 내밀한 세계는 때로 갈등을 유발하는 인자가 되곤 한다. 특히 어려운 선택의 순간에서 밝음보다는 어둠이 보여주는 부정적 세계가 더 선명해질 때가 있다. 그러다 보면 선택의 순간에 혼돈에 빠지게 된다.

하지만 이 명암은 실제로는 더 치밀하게 생각하게 하는 기회도 된다. 곤혹스러운 수렁에 빠져버리는 실수를 막아주기도 한다. 반면, 마음의 결정에 확신이 서지 않아 머뭇거리다가 좋지 않은 선택을 하게 되는 일도 많다.

얼마 전 영국 런던에 갔을 때였다. 백화점 구경에 나섰다. 손녀를 위해 선물을 사고 싶었다. 지갑 하나를 골랐는데 아이가 쓰기에는 가격도 좀 비싸고 모양도 너무 어른스러워 망설이다가 그냥 돌아서 버렸다. 많은 사람들이 행렬을 지어 몰려다녀서 상품들을 제대로 볼 수가 없었다. 그러다 힘이 다 빠지고 지쳐서 한 구석에 가서 서 있는데 그냥 용감하게 사버리지 못한 것이 후회도 되었다. 아쉬운 마음을 안고 백화점을 나오려고 할 때였다. 에스컬레이터를 타고 내려가며 고개를 들어 벽면을 보았다. 큰 글씨로 '주저하면 후회한다'라는 벽보가 크게 붙어 있었다. 백화점에서 손님을 향해 내건 구호였지만 숙소에 돌아와서도 한참이나 이 구호가 입 속에 남아 있었다.

결정해서 빨리 사는 것이 좋다는 권유의 말이지만 어쩐지 나를 보고 하는 말인 것 같았다. 만사에 주저하는 버릇이 있기 때문이었다. 하지만 그렇다고 함부로 즉흥적으로 결정한다면 이는 주저할 때 보다 더 큰 낭패를 보게 될 수도 있다.

이 명암의 세계는 갈등을 유발하는 것만은 아니다. 사물의 내면을 보다 깊이 있게 살펴보는 방법이 된다. 흔히 직장에 다니면

꽃잎이 떨어진 자리에
열매가 맺히는 것을 보면
떨어진 꽃잎은 꽃의 또 다른
변신임을 생각할 수 있다

서 아무런 징후도 없는데 불안을 느낄 때가 있다. 생전 아내에게 선물을 안 하던 남편이 갑자기 아내에게 선물을 사 주거나 다정한 말이라도 건네면 아내는 남편이 무엇인가 숨기는 것이 있는가 하고 의심을 할 수도 있다. 물론 마음에 일어나는 불안은 사실에 근거하는 것이 아니라서 아무런 의미가 없다. 하지만 만약 아내가 불안을 느낀다면 아내의 마음에 어떤 비어진 공간이 있어 불안이 내려앉게 되는 것인지를 보고 헤아려주어야 한다.

머리카락은 손톱과 얼마나 다른가.
혓바닥과 피부와 뼈는 어떤가.
주름살과 눈동자와 창자는 또
그러나 이 모든 것은 한 몸이다.

사과와 뱀과 고양이는 얼마나 다른가
강아지풀과 사람과 흙은 어떤가
빗방울과 불꽃과 바람은 또
이 모든 것도 한 몸이다.

이 진실을 외면하는 것은
한 올의 머리카락이
나는 혼자라고
한 몸 같은 것은 없다고
쓸쓸해 하는 것과 같다.
한 송이 민들레꽃이
나는 스스로 피었다고
흙과 햇빛과 나비와 무관하다고
고집부리는 것과 같다.

스마트폰을 만지작거리는 내 손가락은
우주의 나뭇가지다.
모락모락 끊이지 않는 이 생각도
신이 피워 올린 연기다.

조향미, 〈한 몸〉

이 시를 보면 빛과 그림자 역시 하나의 몸임을 생각하게 한다.
그래서 안정과 불안도 한 몸이라고 생각할 수 있다. 불안의 감옥에 갇혀 신음하면서도 희망의 꿈으로 안정의 세계를 찾으려는 것이다. 꽃이 활짝 피어날 때를 꽃의 절정이라 한다. 꽃이 져서 꽃잎이 바람에 날려서 풀숲이나 나무그늘에 떨어져 있으면 누구도 꽃이라고 여기지 않는다. 분명 꽃은 아니다. 그러나 이 꽃잎이 떨어진 자리에 열매가 맺히는 것을 보면 떨어진 꽃잎은 꽃의 또 다른 변신임을 생각할 수 있다. 어린 날 아버지의 손은 초원처럼 무엇이든지 다 품을 수 있었지만 나이가 든 손은 사막처럼 황량하기만 한다. 그러나 손은 아버지의 손일뿐이다. 누군가 목련이 져서 땅에 떨어진 것을 보면 참 추해서 목련이 싫다고 했다. 그러나 목련은 그 꽃송이가 화려하고 커서 떨어져 시들어진 모습이 처절하게 보일뿐이다. 불안은 또 다른 안식의 꿈나무에 매달려 있는 하나의 잎사귀일 뿐이다. 이는 사물의 본질이며 한 몸이다. 살아가면서 겪어야 하는 수많은 난관이나 고통은 언제나 존재해 있는 것이지 나에게만 주어진 특별한 문신이 아니다. 그렇기에 항상 밝음과 어둠의 아름다운 대비를 보듯 해야 한다. 파란 하늘 없이 흰 구름이 날 수 있을까. 하늘과 구름이 상생하는 마음의 중심을 항상 보아야 할 것이다.

그냥 나무로 사는 법

잡지사에 다닐 때였다. 내 옆자리에 앉은 동료는 매일 아침 출근하자마자 노트에 무엇인가 쓰곤 했다. 몇 달이 지나도 그가 무엇인가를 쓰는 버릇은 계속됐다. 일기를 쓴다면 밤에 집에서 쓸 텐데 꼭 출근해서 노트를 꺼내는 것에 호기심이 잔뜩 들었지만 물어볼 수가 없었다.

일 년이 지난 어느 날, 퇴근 시간이었다. 그를 따라 생맥주집에 갔다. 그는 맥주잔을 움켜잡더니 꿀떡꿀떡 물 마시듯이 금세 한잔을 비웠다. 그리고 또 한 잔을 더 마셨다. 내가 한 잔도 못 마시고 있었는데 그는 벌써 다섯 잔째를 마시고 있었다. 그러더니 갑자기 말했다. "박형, 내가 아침마다 노트에 뭘 적고 있는 걸 봤지? 어떻게 해야 성공적인 삶에 도달할 수 있을지, 내가 이루고 싶은 것들을 아침마다 적고 있지" 내가 노트에 적은대로 잘 되느냐고 물었더니 큰소리로 "되긴 뭐가 돼?" 하면서 "욕심이 앞을 가리면 마치 가시넝쿨에 빠진 사람처럼 고통만 있지 결코 앞날을 헤쳐나가는데 도움이 되지 않더라고요"라고 했다.

다음 날, 그는 출근해서 또 노트를 펼쳐들었다. 그 후로도 그는 몇 달째 노트에 적는 일을 계속했다. 그러던 어느 날 저녁 그는 퇴근하려는 나를 보며 자리에 앉아보라고 했다. 그리고 몇권의 낡은 노트를 내 책상에 놓았다. 읽어보라는 것이었다. 처음 눈에 띈 것이 '아내 찾기'였다. 어느 대학을 전공한 여성 중에 아이스크림처럼 달콤한 마음을 가진 여자라는 설명도 있었다. '사장' 이라는 제목 아래 잡지사를 만들겠다는 다짐도 있었다. 국민의 절반이 독자인 회사, 사원이 오십 명인 회사를 만들겠다는 것이었다. 몇 장 읽고 노트를 덮었다. 그러자 동료가 말했다. "유치하지? 내 마음속에 든 헛된 욕망의 눈이 열매들만 가득 적어 놓았어. 이제야 깨달았어. 이 나무의 열매처럼 정상의 자리를 가지려는 욕망이 나를 시들게 만들었어." 그가

어머니의 눈사람

웃었다. 그 후 그는 노트에 무언가를 쓰는 일을 그만두었다.

가끔 내가 쓸데없는 세속적 욕망에 나 자신을 괴롭히고 있다고 느끼게 될 때면 그가 생각났다. 그러다 한참 후에 이런 시를 알게 됐다.

무슨 나무가 될까
가을마다 실한 열매 서너 섬씩 걷는
대추나무 밭에 서면
어깨부터 등뼈가 으스러진다

무슨 배짱으로 날 닮은 생명 다시 낳으랴
목련 후박 백일홍 눈부신 꽃나무처럼
죽을힘을 다해 피를 모아서
꽃피자, 꽃피자고
다짐하기 싫다

무슨 나무가 될까
반드시 되어야 한다면

열매도 꽃도 물론, 아무 효험을 묻지 않는
두 팔을 들어 빠르게 지나가는 계절을
받들고 서 있는 그냥 나무

밤이슬 새벽 기운 움츠릴 때 움츠리고
해 나면 물기 걷고 바람 불면 흔들리는
게으른 듯 미련한 듯 나이테 불리면서
흙바닥에 발을 묻고 초록을 꿈꾸는
그냥 나무,
굴참나무든지
떡갈나무든지

이향아, 〈그냥 나무〉

이 시는 발버둥 치면서 살아가는 일이 겁날 때가 있음을 보여
준다. 나를 닮은 자식을 낳아 이 세상을 헤져나갈 것을 걱정한다.
그러면서도 이 공포스러운 삶의 세계에서 빠르게 지나가는 계절
을 받들고 서 있는 나무를 본다. 이 나무를 보며 의연한 삶의 자
세를 부러워하고 닮고 싶어 한다. 그래서 특별한 나무가 아닌

'그냥 나무'라는 자연스럽게 때로는 순응하고 때로는 인내하며 '흙바닥에 발을 묻고 초록을 꿈꾸며 그냥 나무'가 되는 꿈을 지닌 삶을 살아가기를 바란다.

우리는 수단과 방법을 가리지 않고 열매만을 위해서 살아가기를 바랄 때가 있다. 하지만 흙에 발을 묻고 그에게 주어진 순서에 맞게 절차를 거치면서 살아가는 삶의 자세도 중요하지 않을까? 오직 높은 곳만 쳐다보며 온갖 진흙탕 같은 갈등 속에서 자신의 이익에만 매달려 살아간다면 우리 세상은 어떻게 될까?

모두가 다 열매가 되겠다는 삶의 욕망은 나무의 전체적 협업의 가치를 잊고 있는 자세라 볼 수 있다. 나무 중에는 열매가 아닌 목재로도 심지어 낙엽으로도 세상을 풍요롭게 하는 나무도 있다. 또 이 열매를 맺는 나무도 푸른 잎의 싱싱한 생명력과 뿌리의 왕성한 번식력 그리고 든든한 나무줄기의 힘의 조력이 없으면 열매가 매달릴 수 없다.

오늘 퇴근 시간 옆 자리에 앉은 동료에게 웃으며 헤어지자는 말을 하고 내일 다시 만나자고 작별인사를 할 때 서로 손을 흔들 수 있는 삶이 행복하지 않겠는가? 너무 무리하지 않고 '그냥 나무처럼' 사는 훌륭한 길도 있다.

어머니의 눈사람

1판 1쇄 인쇄 2016년 8월 19일
1판 1쇄 발행 2016년 8월 25일

지은이 박동규

발행인 양원석
편집장 김순미
책임편집 백지영
디자인 RHK 디자인연구소 남미현, 김미선
일러스트 최다랑
해외저작권 황지현
제작 문태일
영업마케팅 이영인, 박민범, 양근모, 김민수, 장현기, 이주형, 이선미

펴낸 곳 ㈜알에이치코리아
주소 서울시 금천구 가산디지털2로 53, 20층 (가산동, 한라시그마밸리)
편집문의 02-6443-8916   **구입문의** 02-6443-8838
홈페이지 http://rhk.co.kr
등록 2004년 1월 15일 제2-3726호

ISBN 978-89-255-5993-3 (03810)